www.tredition.de

AF185242

Martin Marlin Neidhart

ZÜRICH-CONNECTION

www.tredition.de

© 2021 Martin Neidhart

Verlag und Druck:
tredition GmbH, Halenreie 40-44, 22359 Hamburg

ISBN
Paperback: 978-3-347-29076-1
Hardcover: 978-3-347-29077-8
e-Book: 978-3-347-29078-5

Hallo Marlin!

Es hat mich sehr gefreut, dass Sie meine Vernissage in Zürich besuchten und natürlich auch ein Bild gekauft haben.

Nun, beim Durchstöbern des Estrichs unseres Einfamilienhauses in Stäfa, entdeckte ich in einer Ecke des Estrichs eine alte, verstaubte Kiste, die mir nie vorher besonders ins Auge gestochen war. Ich zog das Ding unter dem Krimskrams hervor und öffnete es; zu meinem Erstaunen sah ich darin die Tagebücher meines Vaters. Ich begann, sie von Anfang an durchzulesen und fand die Erlebnisse - während seines ersten Auftrages als Privatdetektiv im Sommer 1991 - sehr packend.

Besonders, da er am Ende dieses Abenteuers seine große Liebe, Eliza, kennenlernte, die meine Mutter wurde, und mir deshalb diese Ereignisse aus seinen Aufzeichnungen sehr kostbar sind.

Ich schicke Ihnen diese Tagebücher zu; vielleicht können Sie, lieber Marlin, daraus eine spannende Geschichte gestalten.

Als besondere Erinnerung an meine Eltern, die, wie Sie wissen, seit dem Terroranschlag auf das World Trade Center in New York im September 2001, als verschollen gelten.

Liebe Grüße, Melanie

"Der Wind bringt einen exotischen Duft,
der süß, schwer und trocken riecht.
Er weht ihn über den Kontinent.
Ich hör die dumpfen Trommeln von Marokko
und die Sonne brennt mir ins Gesicht."

(aus den Reisenotizen von Eliza Botta)

Prolog
Zürich City: Dienstag, 12. Mai 1991, 12:00 h

Es war glühend heiß in Zürich, der City am Zürichsee, so dass auf den Stadtstraßen der Asphalt davon dampfte!
Gerade stürzte ich in den Kendall-Industries aus dem Büro meines Bosses, Marc Wayne!
Ich hatte soeben eine hitzige Auseinandersetzung mit ihm, bei der ich den Kürzeren zog!
Ein Großauftrag in der Höhe von 150 000 Schweizerfranken war krepiert wegen meiner Meinungsverschiedenheit mit Richard Bohrman, dem Inhaber des Bohrman-Konzern.
Ich hätte eine Industriemaschine der Kendall-Industries diesem Konzern mit beachtlichem Gewinn verkaufen können.
Aber eben am gestrigen Tag gab es dieses blöde Verkaufsgespräch - hässliche Erinnerungen daran stiegen in mir hoch:
Ich hockte in diesem protzigem Büro, das beinahe so groß war wie meine Wohnung an der Seefeldstrasse und mindestens dreimal teurer eingerichtet. Eine exquisite Bar, die Luxuslederpolstergarnitur und ein Riesenschreibtisch auf Perserteppiche gestellt. Der Tisch, reines Mahagoni. Stark wirklich stark. Und nun sollte ich mit dem Konzernleiter Richard Bohrman den Vertrag von den Kendall-Industries, der bereits auf dem Schreibtisch lag, abschließen und nach Hause bringen.
Eigentlich lief alles bestens - bis zur lausigen Nebenbemerkung von Richard Bohrman:
„Ja, ja, diese Maschine wird unserer Konzernfiliale in Marokko unentbehrliche Dienste leisten. Dort sind die Arbeitskräfte auch nicht so teuer. Verstehen Sie?... Sie arbeiten dort für ein Butterbrot!"
Das hätte er nicht sagen dürfen. Ich explodierte:
„Für ein Butterbrot! Wissen Sie was das ist? Ausbeuterei!"
Mein Gegenüber wurde zuerst rot wie seine künstliche Rose im Knopfloch des sandfarbenen Seidenanzuges und dann weiß wie sein Hemdkragen. Dann platzte es aus ihm heraus:

„Unterstehen Sie sich! Nehmen Sie das zurück! Oder aus diesem Geschäft wird nichts und aus zukünftigen auch nicht!"

Ich dachte nicht daran und vergaß völlig, was uns in den Verkaufsschulungen eingehämmert wurde. - Mir fiel meine alte Mutter ein, die sich manchmal für ein Butterbrot abgerackert hatte, um ihre vier Kinder alleine durchzubringen. „Auf keinen Fall!" erwiderte ich kalt und verliess sein Büro.

Zurück blieb ein völlig verdatterter Richard Bohrman.

Ja, das war der Streit gewesen. Und jetzt hatte mich mein Boss, Marc Wayne, eben deswegen gefeuert.

Übelgelaunt setzte ich mich in meine Strassenkarosse und fuhr einfach raus - raus aus dieser Stadt, raus aus diesen Menschen, raus aus diesem Gewühl und der brütenden Hitze.

Ich lenkte ihn zur Allmend hin, einem Naherholungsgebiet mit einem Fluss, weiten grünen Wiesen und einem kühlen Wald.

Da wollte ich spazieren, verweilen und mich entspannen - bei den Leuten, die sich hier mit ihren Hunden austobten.

Vor allem aber wollte, musste ich, über meine Lage nachsinnen.

Kurze Zeit später parkierte ich den 1980er AMC-Eagle bei den schattenspendenden Bäumen an der Zufahrtsstraße, um dann zum Waldrand hochzugehen. Dort lag die Feuerstelle mit dem Steintisch und den Holzbänken.

Niemand verweilte hier und so fand ich die ersehnte Ruhe. Ich hockte hin, holte tief Atem und für wenige Augenblicke genoss ich den warmen Maitag im herrlich kühlen Schatten.

Meine Gedanken schwirrten umher. „Was jetzt?... Gefeuert in diesen schwierigen Zeiten... Was war möglich?"

Vor meinem geistigen Auge stellte ich die Liste zusammen:

„Nochmals in den Außendienst? Nein! Irgendeine Anstellung? Nein! Etwas ganz anderes, vollkommen Neues musste es schon werden... Nur was? - Selbständig werden! - Jawohl! Das hatte Klang! Selbständig! Auf eigenen Füssen stehen! Das wärs!"

Für einen Moment hielt ich inne.

Dabei gab mir die liegengelassene Zeitung auf der Bank die richtige Inspiration, es war ein aufschlussreicher Artikel über ansteigende Kriminalität darin.
Beim Lesen zündete bei mir der Funke, es als Privatdetektiv zu wagen!
Über körperliche Voraussetzungen konnte ich mich wahrlich nicht beklagen. Als begeisterter Judoka in den Juniorjahren war ich immerhin einmal Schweizermeister geworden. Und heute, als glühender Kraftdreikämpfer, hatte ich einen dritten Platz an den Schweizermeisterschaften erreicht. An diesem Sport hing ich mit Leidenschaft.
Und das andere lernte man mit der Praxis.
Als Neustarter mit gerade mal fünfundzwanzig Lenzen fühlte ich mich "over the top".

Zürich-City: Mittwoch, 13. Mai, 13:00 h

Richard Bohrman war verärgert:
„Dieser unmögliche "Außendienstler" am vergangenen Montag! Die Maschine wäre sehr nützlich gewesen und nicht zu kostspielig! Wie sollte er jetzt seiner Bank glaubwürdig erklären, dass er noch zusätzlich Kredite brauchte? In der Höhe von 250.000 Franken,
150.000 Franken wären für die Maschine gewesen und 100.000 Franken für seine besonderen Geschäfte."
Es blieb ihm nichts anderes übrig, er musste ein dringendes Telefongespräch führen. Bohrman griff zum Telefonhörer auf dem Schreibpult, nervös tippte er die Nummer ein.
Nach einer stressigen Minute kam die Verbindung zustande.
„Ja, Raman."
„Hier Richard. Du, ich konnte die 100.000 Franken Cash noch nicht beschaffen, wir müssen den Deal auf später schieben."
„Nicht gut! Das kann Komplikationen ergeben."
„Es ging nicht anders, dieser verdamm…", fast hätte er sich versprochen.
„Wer ist dieser verdamm…?"
„Nichts! Mir ist nur der Notizblock zu Boden gefallen."
„Ahh, ja! Dann, Richard, musst du noch eine Weile auf deine persönlichen Dinge warten."
„Es bleibt aber noch immer zu gleichen Konditionen?"
„Ja! Aber auch nicht mehr allzu lange, Richard."
„Ist gut, ich werde das in den nächsten Tagen erledigen."
„Das wäre wünschenswert, bis später."
Sein Gesprächspartner hängte auf.
Richard hielt noch einige Sekunden den Hörer; das Tuten des Signaltones erinnerte ihn daran, dass er ihn auflegen musste. Er tat es.
Nun fing sein Denkapparat an, fieberhaft zu arbeiten.

Zürich-City: Donnerstag, 14. Mai, 09:14 h

Der Klingelton hallte in meinen Ohren, dann ertönte eine Stimme; ich war jedoch zu verschlafen, um sie zu verstehen.
Plötzlich verstummte sie. Jetzt wurde ich hellwach! Ein Blick auf den Radiowecker beim Nachttischchen teilte mir die genaue Uhrzeit mit: 09:14 h.
„Waas! Schon so spät!"
Im Nu stand ich auf und verschwand unter die Dusche.
„Was für ein Tag!"
Heute war der 14. Mai, der erste Tag meines Neuanfangs, diese Tatsache stimmte mich fröhlich. Beim Duschen erinnerte ich mich daran, dass mich ja das Telefon geweckt hatte.
„Vielleicht ein erster Auftrag." schoss mir ein Gedanke ein. Diese Möglichkeit ließ keine Langwäsche zu, schnell beendete ich sie, zog mir den Morgenmantel über, schnappte das Schreibzeug und setzte mich neben den Anrufbeantworter und spulte ihn ab.
Es knackte eine Weile, dann war eine Frauenstimme hörbar:
„Tag wohl! Hier ist Erika Ziegler-Bohrman; ich habe in der heutigen Morgenausgabe der Stadtzeitung Ihr Inserat gelesen, also... ich bitte um äußerste Diskretion ... wirklich ... Sie können mich unter der Telefonnummer 01 780 00 02 erreichen, aber nur heute und nur bis zwölf Uhr. Ich bitte Sie auf das dringendste um äußerste Diskretion." Dann klackte es wieder und zeigte somit das Abhängen des Hörers an.
Ich wusste nicht so recht, was ich denken sollte: „Erika Ziegler-Bohrman, das ist doch die Cousine von Richard Bohrman, vom Bohrman-Industries Clan. Die Regenbogenpresse berichtete des Öfteren über sie, eine richtige Skandalnudel, das schwarze Schaf der Sippe. Und sie rief an! Und weilte in Zürich; nicht im Traum hätte ich erwartet, dass diese Familie in irgendeiner Form mit mir wieder in Kontakt treten würde und nun in einer sehr delikaten Angelegenheit ... wirklich wuchtig!"

Der Blick zur Uhrzeit zeigte mir, es war 10:30 h. Es blieb nicht mehr allzu viel Zeit. Ich zog den neuen Sommeranzug an und wählte angespannt die angegebene Nummer. – Es ertönte nur der Signalton – Der alternierende Ton wurde mir unangenehm, ich wollte schon wieder aufhängen. Rechtzeitig wurde der Hörer abgenommen, eine Frauenstimme meldete sich.

„Ja, Erika Ziegler-Bohrman."

„Grüezi, hier ist Niklaus Brandenberg."

Ihre Stimme wurde um einige Oktaven leiser als sie fragte: „Also der Privatdetektiv?"

„Frisch und munter!" quittierte ich und wollte damit die Atmosphäre etwas auflockern, was sich als Fehlgriff entpuppte.

„Hören Sie zu!" zischte Sie verärgert. „Jetzt ist nicht Zeit für Späße! Es handelt sich hier um eine ernsthafte Sache! Ich hoffe, ich habe in Ihnen nicht die falsche Wahl getroffen!?"

„Sie können darauf zählen." versicherte ich und mein Humor schmolz wie der Schneemann in der heißen Mittagssonne.

„Gut! Dann treffen wir uns heute Abend um 18:00 h in der Stadelhofer-Passage vor dem Café Olivenbaum; ich werde dort warten und als Merkmal eine Ledertasche mit Zebramuster tragen."

„In Ordnung! Ich werde einen Aktenkoffer aus blauem Wildleder mit mir tragen."

„Bis heute Abend." sie legte auf.

Da war er also, mein erster Auftrag! Möglicherweise ein großer Brummer ...

Bis zum Abend blieb noch Zeit. Ich beschloss, nun die aktuellen Tageszeitungen durchzustöbern. Zu diesem Zweck verliess ich die Wohnung, um beim Kiosk an der Ecke welche zu besorgen ...

Zurückgekehrt machte ich's mir auf der Couch bequem und begann sie systematisch durchzulesen. In einer größeren Zeitung stach mir eine Nachricht unter der Rubrik **Ausland in Kürze** ins Auge; da stand geschrieben:

Marokko: Vergangene Woche fanden in der Nähe von ‚El Jadida‘, in einer Filiale der Bohrman-Industries, nach dem tragischen Unfalltod eines Mitarbeiters Unruhen unter den Arbeitern statt, die zur Niederlegung der Arbeiten führten. Die firmeneigenen Sicherheitskräfte konnten jedoch die Lage entspannen. Der Rädelsführer ist flüchtig.

Ein untrügliches Gefühl im Herzen bestätigte mir, dass es da nicht mit rechten Dingen zu- und hergegangen war.

„Warum ein Unfalltod? Weshalb eine Arbeitsniederlegung?"

Diese Fragen beschäftigten mich. Ich stellte verschiedene Thesen auf, verwarf sie aber allesamt wieder. In einer anderen Zeitung fiel mir eine andere Nachricht auf.

Marokko: Frau des Parlamentsabgeordneten R. S. Aram in Casablanca tödlich verunglückt in einem Autounfall.

Auch diese Neuigkeit erweckte meine Neugierde. Ob es da Zusammenhänge geben konnte ...?

Weitere News fand ich dann weniger spannend und so beschloss ich, die übrige Zeit, die noch bis 18:00 h blieb, mit einem Krafttraining bei meinen Freunden in Marcos-Kraftsport-Club zu füllen.

Marco, Inhaber von Marcos-Kraftsport-Club, und ich, waren schon seit unserer Jugendzeit befreundet. Er hatte schon sein ganzes Leben Kraftsport gemacht und zeigte bei vielen Kraft-Shows seine Körperkraft, indem er Telefonbücher zerriss sowie Schiffsnägel zerbrach. Der Club besaß einige Schweizermeistertitel im Kraftsport und war eigentlich ein Eliteteam.

Ich trainierte schon einige Jahre bei ihnen und schätzte die freundliche Atmosphäre und den starken Teamgeist sehr. Eine besondere Freundschaft jedoch verband mich mit Marco und Jeremia. Wir drei hatten schon manches schwere Training zusammen durchgestanden, gemeinsam für Meisterschaften gearbeitet und gewonnen. Marco und ich hatten uns vor zwei Jahren vom aktiven Wettkampfgeschehen zurückgezogen. Jeremia hingegen trainierte immer noch für Wettkämpfe und belegte letztes Jahr an den Europameisterschaften den dritten Platz in seiner Kategorie. Überhaupt war Jeremias Erscheinung gewaltig. Er wog 116 Kilo bei einer Körpergröße von 196 Zentimetern. Er verfügte über Bärenkräfte, arbeitete eisenhart und besaß großen Humor. Seine Herkunft schaute auch sehr interessant aus.

Sein Urgroßvater, ein echter Zulu, ehelichte eine Kenianerin. Ihre erste Tochter reiste zu Studienzwecken nach England und heiratete dort einen Briten. Aus dieser Ehe entsprang eine Tochter, diese verbrachte mit zweiundzwanzig Jahren Ferien in der Schweiz und ehelichte einen Tessiner aus der italienischen Schweiz. Aus dieser Ehe entstammte ein Sohn und der hieß Jeremia. – Also vermischten sich drei Nationalitäten in seinem Blut. Ein Zulu, ein Brite und ein Tessiner. Jeremias Haut war deshalb dunkel, ein Erbe seiner Urgroßeltern.

Als ich das Sportcenter, im Sihlfeld-Quartier betrat, war Jeremia schon am Eisenheben. Und wie immer war es eine kleine Sensation, wenn er loslegte!

„Hallo Nick!" rief er mir von der Bank zu, bei der er gerade seine gewaltigen Brustmuskeln bearbeitete. Er wuchtete das Eisen in den Ständer, erhob sich von der Bank und schritt auf mich zu. Mit einer herzlichen Umarmung begrüßten wir uns.

„Na Nick, willst du mit mir zusammen die Beine trainieren?"

„OK. Bis 200 Kilo komm ich mit!"

Meine Bestleistungen beliefen sich auf 155 Kilogramm im Bankdrücken, 205 Kilogramm in der Kniebeuge und 225 Kilogramm im Kreuzheben.

Natürlich war Jeremia erheblich stärker. Er drückte 235 Kilogramm in der Bank, 260 Kilogramm schaffte er in der Kniebeuge, und 280 Kilogramm riss er im Kreuzheben zur Hochstrecke.

Diese drei Disziplinen zusammen ergaben den Sport, den wir betrieben und der hieß Kraftdreikampf. Für jede Disziplin hatte man drei Versuche. Der Beste zählte. Der Sport stammt aus Amerika und heißt dort Powerlifting. Mittlerweile ist er aber über die ganze Welt verbreitet. Das zentrale Organ weltweit ist die International Powerlifting Federation.

Ich schmiss mich in den Trainer und wir legten los. Zuerst starteten wir mit niederen Gewichten und hohen Serien. Dann folgten die schwereren Gewichte mit kürzeren Serien. Hier feuerten wir uns gegenseitig an und ich schaffte einen neuen Serienrekord in der Kniebeuge: Einmal drei Wiederholungen mit 190 Kilo.

Nun wagte ich die Höchstgewichtversuche, scheiterte aber bei 202, 5 Kilo und Jeremia musste mich unter den Armen packen und aus der Hocke hochziehen bis ich wieder korrekt dastand und das Gewicht in den Kniebeugen-Ständer zurückhieven konnte.

Jeremia hingegen schaffte unter dem feurigen Zuruf der anderen Trainierenden einen neuen persönlichen Bestrekord in der Kniebeuge, stand von der tiefen Kniehocke mit 262, 5 Kilo wieder auf und hievte das Gewicht von den Schultern in den Kniebeugen-Ständer zurück.

„Super! Nick heute haben wir aber alles gegeben." freute er sich riesig.

„Ja! Wenn nur jedes Training mit einem Rekord beenden würde."

„Bei mir sind es schon siebzig Prozent, Nick!"

„Klar, du trainierst auch pickelhart."

„Aber deine Leistungen sind auch nicht von Pappe!"

„Ich war ja auch mal unter den Champions, Jerry!"

„Da hast du recht! Ich glaube, die Dusche haben wir uns verdient, was Nick?"

„Ich meine auch. Kommst du nachher einen Sprung rüber ins Steak-House? Das Getränk ist offeriert. Es gibt noch einige Neuigkeiten, die ich loswerden möchte."

„Gemacht, Nick!"

***

Kurze Zeit später saßen wir im Steak-House und verdrückten imposante T-Bone-Steaks mit fabelhaften Salaten dazu.

„So, was hast du denn für Neuigkeiten?" fragte er zwischen zwei Steakbissen.

„Jaa! Die Sache ist so … ich habe beschlossen, selbständig zu werden!"

„Ahh! In was für einem Business?"

„Ich werde ... Privatdetektiv!"

„Ha, ha, ha!" Jeremia lachte aus vollem Halse. „Mann, das ist aber der Hammer! Sag mal, weißt du überhaupt, was das ist?! ... Na also, Spaß beiseite, aber meinst du das wirklich ernst?! Oder nimmst du mich auf den Arm?!"

„Nein! ... Das ist todernst und ich habe auch schon meinen ersten Fall geangelt! Brandheiss, etwas mit Erika Ziegler-Bohrman von Bohrman-Industries-Switzerland."

„Neet möööglich!" witzelte Jerry.

„Heute Abend um 18:00 h treffe ich sie."

„Kann ich dir dabei etwas helfen?"

„Bis jetzt nicht, aber vielleicht kommt's noch."

„Ja, aber in vier Tagen, ab dem 18. Mai, bin ich abwesend, denn am 21. Mai beginnt in Casablanca das marokkanische Powerlifting-Turnier. Ich nehme daran teil, dann kann ich dir nicht mehr zur Seite stehen."

„Wird schon werden!"

„Weißt du schon das Honorar?" wollte er noch wissen.

„Das wird heute Abend klar! Wenig wird es nicht sein. Bei diesem Hintergrund."

„Das glaube ich auch. Sei vorsichtig, das riecht gefährlich." warnte er.

„Wer wagt, gewinnt." konterte ich.

„Mut hast du schon immer gehabt, Nick! Hey! Es ist schon 17:25 h. Viel Zeit bleibt dir nicht mehr. Zahlen, Ober!" rief er.

Wir zahlten und verließen das Lokal, draußen trennten sich unsere Wege.

„Machs gut!" lachte er.

„Wird schon schief gehen."

Wir verabschiedeten uns. Jeremia schlenderte nach Hause und ich setzte mich ans Steuer des AMC und fuhr Richtung Stadelhofen. Im Rückspiegel sah ich, wie Jerry sich nochmals umdrehte, um mir Mut zu machen.

„Toi, toi, toi!" rief er mir nach, ich winkte ihm zurück, dann verschwand er um die nächste Ecke.

Jetzt war ich wieder alleine mit meinen Ängsten und Hoffnungen. Während der Fahrt strömten mir nochmals Erinnerungsfetzen gleich eines Puzzles durch die Gedanken. – Mein Entschluss, der mysteriöse Anruf ... das Gespräch, die Zeitungsnotizen. – Und dann erreichte ich auch schon den Bahnhof Stadelhofen. Den Wagen parkierte ich beim Opernhaus. Die kurze Wegstrecke zum Restaurant wollte ich zu Fuß zurücklegen.

Es wurde 17:55 h, höchste Zeit für das Treffen. Innerhalb von drei Minuten erreichte ich die Bahnhofpassage und lief direkt zum vereinbarten Treffpunkt.

Beim Eingang sah ich sie stehen. Die Dame wirkte attraktiv und schaute wesentlich hübscher aus, als ich sie aus den Illustriertenfotos im Gedächtnis hatte. Teure Garderobe, aber nicht pompös. Das Kennzeichen, die schwarzweiß gestreifte Ledertasche, hatte sie sportlich elegant über die rechte Schulter angehängt. Ihr langes, braunes Haar quoll unter dem modischen Hut hervor und fiel in dichten Wellen auf die Schultern herab. Sie trug eine dunkle Sonnenbrille und zur farblich abgestimmten Kleidung schwarze Lederstiefel.

Ich schritt auf sie zu, das Kennzeichen, den blauen Aktenkoffer, sichtbar an der linken Hand tragend.

Angenehm überrascht erkannte sie mich.

„Guten Abend, Herr Brandenberg!" sie reichte mir die Hand.

„Angenehm ... Guten Abend, Frau Ziegler-Bohrman!"

„Wollen wir ein wenig zu Fuß gehen, Herr Brandenberg? Dann kann ich Ihnen die Informationen besser zustellen."

„Natürlich, ich finde das auch besser; und vor allem anonymer. Darf ich Ihnen einen Spaziergang beim Zürichsee vorschlagen? Dort sind wir bestimmt ungestört."

„Einverstanden."

Einige Minuten später schlenderten wir am herrlichen blauen See entlang, der mit Segelbooten bespickt schien, die allesamt das schöne Wetter auskosteten. Zahlreiche Menschen flanierten hier an der prächtig ausgebauten Seepromenade. – Die beste Zeit, ungestört zu reden, fand ich.

Ich wusste nicht so recht, wie ich das Gespräch in Gang bringen sollte. Sie kam mir unverhofft entgegen mit der Bemerkung: „Es gäbe sicher interessantere Dinge, über die man sich Gedanken machen könnte. Finden Sie nicht?"

„Für alles gibt es eine Zeit. Eine Zeit fürs Vergnügen. Eine Zeit fürs Reden. Eine Zeit für Besinnliches. Eine Zeit für Geschäfte." zitierte ich eine alte Weisheit.

„Na denn, kommen wir zur Sache." machte sie es kurz: „Ich habe hier einen Umschlag für Sie, mit allen nötigen Infos."

Sie zog ein gelbes Couvert aus ihrer Ledertasche hervor und reichte es mir. „Fürs Erste, weitere Angaben werden Sie später erhalten! … Was haben Sie für Honorarvorstellungen?"

Sie überrumpelte mich mit dieser Frage. – Denn dies war mein erster Fall. Nach kurzem überlegen lautete meine Antwort: „15.000 Franken jetzt; und nach Erledigung Ihres Auftrages."

Sie schaute mich prüfend an, nahm ihr Scheckbuch aus der Tasche, schrieb den Betrag hinein, riss den Scheck ab und überreichte ihn mir. Dankend nahm ich das Wertpapier entgegen und verräumte es in meiner Westeninnentasche.

„Wenn Sie die Sache umgesetzt haben, sehen wir uns zum angegebenen Zeitpunkt wieder. Gut Holz!"

„Gut Holz!"

Wir verabschiedeten uns und sie verschwand wieder in der promenierenden Menschenmenge.

Nun war ich wieder alleine, aber mit einem Scheck von 15.000 Franken. Kein schlechtes Gefühl, aber eben erst der Anfang. Ich beschloss, nach Hause zu fahren, um die Anweisungen durchzulesen.

Zürich-City: Donnerstag, 14. Mai, 17:40 h

Jeremia trottete entspannt und guter Laune nach Hause. Das Training war erfolgreich gewesen. Er befand sich in Bestform. Seinen Körper hatte er optimal vorbereitet. Die Trainingspläne brachten gute Frucht und nun stand er vor dem Casablanca-Turnier.

Alles in ihm war gespannt wie ein Bogen und er wusste, dass jetzt, in der Wettkampfphase, Spitzenleistungen folgen werden.

Noch sechs Tage bis zum Ereignis; alle Grossen würden erscheinen. Sein Herz jubilierte und freute sich unbändig.

Schon als kleiner Junge hatte er diesen Sport geliebt. Mit seinen Eltern wohnte er damals in der Nähe eines Kraftsportclubs. Immer wieder rannte er in der Freizeit ins Studio, wo er seine Helden, die er bewunderte und vergötterte, eifrig bei ihrem Training beobachtete. Sein Herzenswunsch war klar, er wollte einmal so werden wie sie: Stark, siegreich und berühmt! –

Stundenlang hockte er bei ihnen und bestürmte sie mit Fragen über Ernährung, Körperaufbau und verschiedene Trainingsmethoden. Auch belehrten sie Jerry über die geistigen Hintergründe: Dass man, um ein Champion zu werden, sich Ziele stecken muss, das Leben denen unterordnen soll, nicht aufgeben darf und dann festen Glauben haben soll. Dann schließlich, durch Fleiß, Ausdauer und Beharrlichkeit, würde ihm die Siegeskrone wie eine reife Frucht in den Schoss fallen.

Zudem brauche es einen moralisch hochstehenden Lebenswandel; keinen Alkohol, keine Drogen und Zigaretten, ausreichend Schlaf und auch in der Liebe soll er Seriosität pflegen. –

Solche Erinnerungen bewegten seinen Sinn. Und nun gehörte er in seiner Gewichtsklasse zu den Besten in Europa. Es hatte unzählige Stunden Schweiß und Anstrengung gekostet. –

Spontan fiel ihm eine Episode seiner Sportlerlaufbahn ein:

Damals beim Kniebeugen-Training, er war gerade 17 Jahre alt und so ziemlich am Anfang! In der freien Kniebeuge schaffte er knapp mal 90 Kilogramm. Und es gab auch damals wie heute weniger gute und begeisterte Athleten, die nie über regionale Stärke hinausreichten, weil sie sich nicht voll dem Sport hingaben und ein solcher trainierte an jenem Abend mit ihm zusammen Kniebeugen. Jeremia erzählte ihm voller Begeisterung, dass er eines Tages 200 Kilo in der Kniebeuge hochbringen wolle. Worauf dieser spottete:

„200 Kilogramm! 90 sind schon genug, sei du froh, dass du die 90 hochbringst, aber 200…?!"

Jerry erinnerte sich, dass er damals sehr enttäuscht wurde. Aber er wusste, er konnte die 200 schaffen, wenn er nur wollte. Zweieinhalb Jahre später, nach harten Trainingsstunden, war er soweit, er bewältigte die 200 Kilo. Und der Zufall wollte es, dass er diesem, zu dieser Zeit schon nicht mehr aktiven Sportler, am Abend in einem Restaurant begegnete. Er erzählte demjenigen, dass er jetzt die 200 Kilogramm in der Kniebeuge hochbringen konnte!

Sein Gegenüber wurde platt und brachte den Mund nicht mehr zu. Er verstand und erkannte neue Perspektiven und Denkwelten.

In schwierigen Zeiten, wenn sich der Fortschritt nicht so recht einstellen wollte, wurde dieses Schlüsselerlebnis für Jeremia zum Anker und er fasste darnach erneut Mut und Zuversicht, um nach den Sternen zu greifen.

In solche Gedanken versunken erreichte er sein Zuhause. Er wohnte in der Nähe des Sportclubs, der eine Wegstrecke von sieben Minuten zu Fuß entfernt lag. Marco, der Clubbesitzer, wohnte eine Straße weiter. So bestand keine Mühe, sich oft zu treffen, um über Sport zu diskutieren.

Heute Abend jedoch war er einfach zu müde dafür. Deshalb entschied er sich, daheim zu bleiben. Barbara freute sich bestimmt darüber. Sie hatten sich erstmals im Sportclub getroffen, wurden einander sympathisch, verliebten sich ineinander und heirateten. Das war vor zwei Jahren gewesen. Seit damals bis heute blieb ihr Glück ungetrübt.

Ihre Wohnung befand sich im zweiten Stockwerk des Altbaus. Schnell rannte Jerry die alten, ausgetretenen Holzdielen hoch, wobei er immer zwei Stufen auf einmal nahm. Oben angelangt stand die Wohnungstüre bereits offen. Barbara erwartete ihn schon. Mit ihrer blonden Mähne sah sie hinreißend aus. Wenn Jerry sie so erblickte, verliebte er sich jedes Mal wieder frisch in sie. Trotzdem war er überrascht.

„Wie weißt du…?" fragte er.

Sie lachte herzlich:

„Es gibt im ganzen Haus nur ein Mann, der auf diese Weise die Treppen hoch rennt, dich!"

„Na warte du!"

Er trat auf sie zu, umarmte sie fest und küsste sie heftig.

„Nicht so stürmisch." bremste sie ihn.

„Bald geht's los, Barbe!"

„Es gibt noch eine Zusatzüberraschung." sagte sie.

„Was denn?"

„Mein Chef hat meine Ferieneingabe für diese Zeit in letzter Minute doch noch akzeptiert."

„Hurra!"

Jeremia löste sich aus der Umarmung, machte einen Riesenluftsprung und klatschte dabei vor lauter Freude in die Hände.

„Das ist die beste Überraschung seit langem!" lachte er. „Wir reisen zusammen nach Casablanca, das habe ich mir so gewünscht!"

Er fasste Barbe bei den Händen und sie tanzten, drehten sich im Kreise und hüpften wie kleine Kinder herum.

„Darauf trinken wir einen Supermilkshake." grinste sie.

Gemeinsam, Hand in Hand, eilten die beiden in die kleine Küche und mixten zwei Liter Spezial-Bananen-Milkshake. Beim Genießen erzählte er ihr, was Nick ihm mitgeteilt hatte. Als sie alle Neuigkeiten gegenseitig ausgetauscht hatten, war die herrliche Nacht nur noch für sie beide da.

Ich saß auf der abgenutzten Ledercouch meines Appartements und kaute die Hinweise durch. Es war wirklich erstaunlich. Beim Öffnen des Couverts kamen drei Tickets zum Vorschein. Zuerst, am 15. Mai, ein Flug Zürich-Madrid, und dann ein Rückflugticket Madrid-Zürich. Am 27. Mai - zwölf Tage später. Das dritte Ticket, eine Eisenbahnreise Madrid-Algeciras, kombiniert mit einer Schiffüberfahrt durch die Straße von Gibraltar vom Port of Algeciras nach Tanger in Marokko - inklusive Rückreise. Gültigkeitsdauer ebenfalls ab dem 15. Mai zwölf Tage bis zum 27. Mai.

Für die Eisenbahn, Überschiffen und zurück musste ich zwei Tage abziehen – einen halben Tag für den Hin- und Rückflug und einen halben Tag als Reserve. Also blieben mir noch rund neun Tage für meinen Auftrag. Dann las ich die Telefaxe:

Brauche dringend Hilfe... Verbindung zu Ihnen schwierig... Kontakt für weitere Abklärungen, der 18. Mai beim Platz Djemaa el-Fna, Café Koutoubia... Sulaman.

Und dann lag noch die persönliche Notiz bei, von Erika Ziegler-Bohrman, auf einem Briefbogen geschrieben:

Nehmen Sie auf schnellstem Wege Kontakt zu Sulaman auf. Es geht um Sartor. Das ist ein Deckname. Weiteres kann ich Ihnen nicht vermitteln.

P.S.: Djemaa el-Fna ins Deutsche übersetzt: Treffpunkt der Geköpften. Ich hoffe, Ihnen bleibt das erspart. E. Ziegler-Bohrman.

Tatsächlich ein Riesending in Marokko. Und Marokko, das wusste ich, war die Schlüsselstelle im illegalen Drogenhandel von Afrika nach Europa. Siedend heiß! Hoffentlich verbrenne ich mir nicht die Finger daran! Ich prägte mir die Informationen ein und verbrannte darauf die Papiere in einer Glasschüssel.

Inzwischen wurde es Zeit für die Federn. Morgen, am 15. Mai, 12:00 h mittags, startete die Maschine Zürich-Madrid.

Zürich-City: Freitag, 15. Mai, 7:00 h

Erika Ziegler-Bohrman bemühte sich, auf schnellstem Wege von ihrem Morgenkaffe, den sie, wenn sie in Zürich weilte, täglich im Café Olivenbaum einnahm, zu ihrem Penthouse-Appartement zu gelangen, das im Seefeld-Quartier lag.

Als sie vor ihrer Türe stand und den Hausschlüssel in der Handtasche suchte, schweiften ihre Gedanken zu Niklaus Brandenberg hin und sie freute sich:

„Heute ist der Tag. Heute fliegt er ab."

Endlich fand sie das Metallding, das zwischen den Papiertaschentüchern versteckt lag. Erika steckte ihn ins Schloss und drehte um. Es gab keinen Widerstand, also war die Wohnungstüre offen. - Das überraschte sie! - War Rita hier?

Beim Eintreten in den schmalen Korridor hörte sie vom Wohnraum her eine süßliche Männerstimme mit fremdländischem Akzent verhalten zu ihr rufen:

„Guten Morgen, Frau Ziegler-Bohrman. Wir erwarten sie bereits!"

Als sie zögernd den Raum betrat, entdeckte sie dort zwei fremde Männer. Der eine saß auf einem der Fauteuil und war, das erkannte ihr geübtes Auge sofort, in einen beigen Maßanzug aus erstklassigem Stoff gekleidet. Seine Hautfarbe war dunkelbraun, in der rechten Hand hielt er ein modisches Zigarettenmundstück mit einer angezündeten Zigarette und er blies den inhalierten Rauch genüsslich zur mit Stuckatur verzierten Zimmerdecke hoch.

„Es hat einiges an Geduld gekostet, aber nun sind Sie hier." flüsterte er süffisant. Seine linke Hand, deren Finger mit Goldringen verschiedener Größe bestückt war, wies auf sein Gegenüber hin, der im anderen Fauteuil hockte, und er sagte:

„Das ist ein guter Freund von mir, er heißt Noah; nehmen Sie bitte Platz und befolgen Sie unsere Anweisungen."

Dabei schwenkte seine Hand zur Couch hin und deutete damit an, dass sie dort zu sitzen hätte. Erika musste sich dabei am Gutfreund vorbeischlängeln. Obwohl dieser saß, war unschwer zu erkennen, dass hier ein Goliath lauerte. Der gewaltige Brustkorb und die Riesenbizeps erweckten beim Betrachter den unmissverständlichen Eindruck, einer zweibeinigen Kampfmaschine gegenüber zu stehen.

Seine solcherart überdimensionierte Oberkörpermuskulatur spielte bei jedem Atemzug einen eigenen Akkord, was durch das blaue Jeanshemd hindurch gut auszumachen war. Die Oberschenkel- und Wadenmuskeln konnte er kaum in den abgewetzten Jeanshosen verbergen und seine Bigfoots wurden durch gelbe Turnschuhe beinahe eingeengt.

Noahs markantes Gesicht, aus dem eiskalte blaue Augen starrten, war schneeweiß. Und das hellblonde Haar, im Bürstenschnitt gehalten, unterstrich eine unnatürliche Härte.

Wahrhaftig ein Gladiator von extremem Ausmaß. Ein sibirischer Tiger! - Trotzdem setzte Erika sich cool auf die angewiesene Couch.

„Nun… Frau Ziegler-Bohrman, … Sie möchten sicher den Grund für unseren Überraschungsbesuch in Erfahrung bringen?" fragte sie der Dunkelhäutige gelassen, der sein schwarzes Haar streng nach hinten gekämmt hatte, wo es ihm bis zur Hälfte des Halses reichte.

Ihr Kopf nickte zustimmend.

„Dann darf ich mich vorstellen?"

Sie wiederholte das Nicken.

„Mein Name ist Fahdan Mussair; ich bin ein Teilhaber von Sartor und beaufsichtige unsere Gebiete in Deutschland und der Schweiz."

Er ließ seine Worte einige Sekunden lang wirken, nahm einen tiefen Zug aus der Zigarette als überlegte er etwas und setzte dann das Gespräch, nach dem Ausblasen des Rauches, mit einem härteren Klang fort.

„Ich ließ Sie, wie auch alle anderen Mitglieder Ihres Clans, beschatten ... und nun ist etwas höchst Unrühmliches geschehen!"
Seine Stimme geriet in geiferndes Krächzen:
„Sie haben einen Privatdetektiv engagiert! Höchst unrühmlich!"
Unter Aufbietung seiner Kräfte beherrschte er sich wieder und wurde sanft wie ein Lämmchen.
„Aber zu unserer und Ihrer Beruhigung sind zwei freie Mitarbeiter auf Ihren Busenfreund angesetzt, sie werden uns von dieser Krücke im Train befreien. Respekt! Frau Bohrman, Respekt! Ihr Plan war schlau ... Mit dem Train, dann Überschiffen, ohne Direktflug nach Casablanca. Pech für euch beide, das wir es herausgekriegt haben. Dennoch, dass wir diese Maßnahmen ergreifen mussten, ist sehr bedauerlich."
Nervös schwieg er einige Sekunden. Dann fuhr er fort:
„Es ist mir äußerst unangenehm; das zieht Konsequenzen nach sich, die für Sie sehr unerfreulich werden. Uns ist auch seit kurzem bekannt, dass Sie mit einem Abtrünnigen unserer ehrenwerten Organisation in Marokko, durch einen Mittler, Kontakt aufgenommen haben! ... Dieser verfluchte Windhund ist uns bis jetzt immer entwischt! Ich wiederhole mich nicht gerne ... höchst unrühmlich!"
Wieder musste er eine Pause ansetzen, die Atmosphäre wurde noch ekliger, sodass Erika in ihrer Bedrängtheit ausrief:
„Wo ist Rita ... Fahdan?!"
Wütend über Ihre Frechheit, drückte er abrupt die Zigarette auf dem Zigarettenhalter im Aschenbecher aus. Dann vibrierte seine Stimme:
„Warum waren Sie nicht zufrieden mit dem Heu, das Ihre Sippe Ihnen zuschob? Für Ihr ausgeflipptes Leben und Ihre Scheissereien? Hä! Weshalb haben Sie Ihr Näschen in Dinge gesteckt, die Sie ein feuchtes Klo angehen?!"
Nun erhob er sich von seinem Sessel. Erst jetzt bemerkte sie seine Behinderung. Das rechte Bein war versteift und er stützte sich auf einen schwarzen, klassischen Spazierstock mit vergoldeter

Spitze und einem Goldknauf. Kurzschrittig näherte er sich ihr, bückte sich zu ihr herab und fixierte intensiv ihre Augen. Verharrend in dieser Stellung folgerte er ruhig:

„Ich weiß … ich weiß … Ihr Sprössling Rita ist im zarten Alter von sechzehn Jahren ausgebüxt! Von zuhause! Nun ist sie abgebrannt, krank und süchtig zu Ihnen heimgekehrt. Sie erzählte Ihnen, dass sie die vergangenen vier Jahre in Marokko gelebt hat … oder soll ich eher sagen, sich prostituierte?" betonte er zynisch und richtete sich wieder auf.

In den Augen von Erika blitzte es auf, ihr Hass auf ihn wurde offensichtlich.

„Ha, ha, ha!" lachte er spöttisch. „Sie besitzen noch Emotionen, trotz Ihres," dabei räusperte er sich und goss damit noch mehr Öl ins Feuer, „unrühmlichen Vermögens."

Entsetzt über Ihre eigene Blöße versuchte sich Erika unter Kontrolle zu bringen, was jedoch kläglich missriet.

„Jaa!" erzählte er mit siegessicherem Unterton weiter: „Rita gehörte zu unseren besten Kundinnen. Sie hortete den Zucker gleich pfundweise! Damit versorgte sie sich selbst und ihren Freundeskreis bis sie immer weiter bergab kreiselte!"

Jetzt konnte sich Erika nicht mehr beherrschen; sie kreischte:

„Sie Schwein! Solche Bastarde wie Sie haben die Heroinabhängigkeit meiner Tochter hochgezüchtet!"

Mit einer Riesenkraft sprang sie auf von der Couch, überstieg den gläsernen Saloon-Table und attackierte ihn. Mit ihren langen Fingernägeln zerkratzte sie sein Gesicht und trat mit dem spitzförmigen Schuhwerk an sein verkrüppeltes Bein. In seiner Pein schrie er auf:

„Noah, stop her!"

Im Bruchteil einer Sekunde fühlte sie sich von zwei eisernen Armen wie mit einem Schraubstock von hinten umklammert, sodass es für sie unmöglich wurde, sich auch nur noch ein kleines bisschen zu bewegen.

Befreit von ihr, stotterte Fahdan: „Don't let her go!" und tupfte sich mit der freien Hand, mittels eines Taschentuchs, die Blutgerinnsel von den Kratzspuren in seinem Gesicht. Dann folgte ein Moment des Schweigens, in dem sich ihre Blicke hasserfüllt kreuzten.

Nun fuhr er mit gepresster Stimme weiter fort:

„Wenn Sie uns den Decknamen und das Versteck Ihres Windhundes in Marokko preisgeben, verschonen wir Sie ein letztes Mal, ansonsten," er demonstrierte ein eindeutiges Zeichen über ihre Kehle, „liquidieren wir Sie!"

Erika antwortete ihm mit der Gegenfrage: „Wo ist Rita? Sagen Sie es mir! Seit vier Tagen habe ich nichts mehr von ihr gehört!"

„Ahh! Ja, wie peinlich ...," erwiderte er gedehnt, „gut, dass Sie uns an sie erinnern. Diesem Biest ist ein kleines Missgeschick unterlaufen. Dummerweise hat sie in einem kleinen Hotel in der Zürcher Altstadt, wo sie zuweilen nächtigt, den Inhaber als unseren Hauptdealer für Zürich wiedererkannt. Rita tätigte mit ihm vor einigen Jahren Geschäfte in Marokko. Nun wollte sie den verpfeifen; glücklicherweise konnten wir das Luder noch vorher abfangen, weil wir zum richtigen Zeitpunkt am richtigen Ort waren.

Noah beschenkte sie mit einer Überdosis. Ihre ewige Seele hat friedlich die Reise ins Nirwana angetreten. Der tote Überrest verfault im kleinen Hotelzimmer. Entdeckt wird er erst, wenn wir schon längst außer Landes sind."

Erikas Gesicht verfärbte sich aschfahl. Verbittert presste sie die Lippen zusammen. Ein grimmiger Zug streifte ihr Antlitz. Nun wusste Erika, was sie tun wollte.

Nein! Kein Wort würde aus ihrem Munde kommen, auch wenn es den Tod herbeirief!

Durch den Verlust ihrer einzigen Tochter wurde ihr Leben jeglichen Sinnes beraubt.

Fahdan spürte ihre Entschlossenheit:

„Noah wird Sie schon zum Reden bringen. Wissen Sie, was seine Spezialität ist? Frauen zu entehren und zu foltern bis sie in den Tod pilgern. Manchmal macht er es auch weniger aufwändig. Je nach Laune! ... Na, wollen Sie nicht doch lieber gesprächig sein? ... Die Umstände sprechen eher dafür als dagegen."

Sie weigerte sich.

„Noah! Do it!" ordnete er an.

Eilig verliess Fahdan das Appartement, das grausige Schauspiel wollte er sich ersparen.

Mit teuflischer Miene, wie ein wilder Stier, stürzte sich Noah auf die wehrlose Erika.

Die Informationen, die Fahdan begehrte, drangen jedoch nicht über ihre Lippen.

Mit dieser Gewissheit, dieser kleinen Chance, dass ihnen das Handwerk gelegt werden konnte, erlitt sie trotz innerem Triumph, ein grauenhaftes Ende.

Airport Zürich-Kloten: Freitag, 15. Mai, 10:15 h

Ali Zafar und sein Kumpan, Razi Hakem, hockten in einer Bar des Airport Zürich-Kloten, die nach dem Check-In 2 vor der Boarding-Pass-Control platziert war.

Die zwei strahlten Nervosität aus.

Immer wieder lugten sie zum Check-In und dann auf das Schwarzweiß-Foto, das Ali in seinen klobigen Händen hielt, und dabei ständig zwischen seinen Wurstfingern hin und her schob.

Ali war ein Koloss von einem Mann, 177 Zentimeter groß und 111 Kilogramm schwer. Er war unglaublich kräftig und hatte Schultern wie ein Stier. Zwischendurch wischte er sich abwechselnd mit der einen Hand den Schweiß ab, der in kleinen Bächlein vom Haaransatz durch das bullige Gesicht nach unten floss. Das vornehme Spitzentüchlein, das er dafür benutzte, war schon längst durchnässt und der Kragen seines blütenweißen Hemdes verfärbte sich durch den herabströmenden Saft zusehends dunkler. Die Krawatte, die ihn fast erwürgte, steigerte diese Wirkung noch. Und der lichtgraue Sommeranzug, den er übergestülpt hatte, platzte schier aus den Nähten.

Das war bei ihm immer so, wenn er unter Hochdruck stand.

„Verdammt! Wann kommt er endlich?!" zischte er seinem Compagnon zu, der unruhig auf seinem Barhocker hin- und herrutschte.

„Ich weiß es auch nicht, er sollte längst hier sein." meckerte Razi, der wesentlich schmäler war und auch dementsprechend weniger schwitzte. Er war gleich hoch wie sein Kumpel, wog aber rund einen Drittel weniger. Er wirkte drahtig und die schlanken, gepflegten Hände bewegten sich überaus flink.

Sein khakigrüner Leinenanzug saß tadellos. Beide hatten schwarze Haare und von Natur aus dunkelbraune Haut.

Sie waren Marokkaner, gefährlich wie Kobras. Dort wo Ali hinlangte, wuchs so schnell kein Gras mehr. Er konnte ohne Mühe einen Menschenschädel zertrümmern.

Razi hingegen war fähig, einen Gegner so kunstgerecht aufzuschlitzen, dass man sich wunderte. Der eine ein Totschläger, der andere ein Messerstecher.

Die zwei pflegten dieselbe Passion: Ihr Handwerk kreierte das Töten von Menschen gegen Bezahlung und sie arbeiteten für denselben Auftraggeber: Sartor.

Und das Schwarz-weiß-Foto in Alis Händen zeigte zwei Menschen: Eine ältere Frau, mit modischem Hut, sehr gut gekleidet, und einen großgewachsenen, athletischen jungen Mann mit dunklem, gewellten Haar.

Sie spazierten einen See entlang.

Erika Ziegler-Bohrman und Niklaus Brandenberg.

Sartors Spitzel reichten überall hin, besonders wenn es sich um solche Dinge wie den Bohrman-Clan handelte.

Zürich-City: Freitag, 15. Mai, 09:15 h

Ein unruhiger Schlaf lag hinter mir. Um 9:15 h surrte der We-
cker. Meine Müdigkeit stoppte mich vorm Aufstehen, doch ir-
gendwie schaffte ich's. Nach der kurzen Morgentoilette packte
ich eiligst mein Gepäck. Dabei wollte ich nicht übertreiben: Zwei
Anzüge, ein Tages- und ein Abendanzug, Unterwäsche, Rasier-
zeug, Körperpflegemittel, den blauweissen Trainer, Turnschuhe,
ein breites Baumwollhemd mit Karomuster, dazu kurze, weitgeschnittene Hosen und natürlich den Scheck über 15.000 Franken.
Nachdem ich den Tagesanzug angezogen hatte, telefonierte ich
nach einem Stadttaxi, der mich schnellstens zum Flughafen
bringen sollte. Kurze Zeit später klingelte es an der Türe. Aus
dem Fenster sah ich den bestellten Taxichauffeur an der Haus-
eingangstüre warten.
Durch die Gegensprechanlage teilte ich ihm mit, dass ich gleich
käme.
„In Ordnung! Ich warte im Taxi." erwiderte er. Dann entfernten
sich seine Schritte.
Unten angelangt stieg ich mit einer nervösen Stimmung ins Taxi.
Es war 10:20 h – höchste Zeit.
„Wie lange haben Sie bis zum Flughafen?"
„Ungefähr zwanzig Minuten."
„Danke."
Wir fuhren los. „Das reicht grad," dachte ich und beruhigte mich
ein wenig.
Nach der angegebenen Zeitspanne erreichten wir den Flughafen.
Ich zahlte und schob ihm etwas Trinkgeld zu, worauf er ein
„Merci." brummte und zurückfuhr. Unverzüglich sputete ich
zum Check-In 2. Minuten später stand ich vor ihm. Inzwischen
rückten die Uhrzeiger auf 10:50 h. Auf den Computermonitoren
an den Wänden sah ich, dass mein Flug planmäßig um 12:00 h
abflog. Da nur noch der ältere Herr vor mir durch den Check-In

2 musste, wurde ich in zwölf Minuten fertig. Ich eilte zur Boarding-Pass-Control und erreichte sie um 11:07 h.

Airport-Zürich-Kloten: Freitag, 15. Mai, kurz nach 11:00 h

Razi japste plötzlich nach Luft.

„Hey! Da kommt unser Freund!"

Ali stutzte und war sofort außerordentlich wach. Tatsächlich, der Mann, der eben zur Boarding-Pass-Control eilte, war identisch mit dem auf dem Schwarz-weiß-Foto, das er immer noch zwischen den Fingern seiner rechten Hand hin- und herschob.

„Also nur beschatten, Kumpel; erledigen sollen wir ihn im Train, auf der Strecke von Madrid nach Algeciras." raunte er Razi zu.

„Es bleibt nicht mehr viel Zeit bis zum Abflug, Ali!" drängte Razi. Sie erhoben sich behände und hetzten ebenfalls zur Boarding-Pass-Control.

Airport-Zürich-Kloten: Freitag, 15. Mai, 11:15 h

Es fielen mir zwei dunkelhäutige Männer auf, die von der nahegelegenen Bar her hinter mir auf die Boarding-Pass-Control zueilten. Ich musterte die beiden kurz; der eine, ein stiernackiger Bulle, tupfte sich ständig den Schweiß von der Stirn, der andere, schlank, wirkte sehr nervös. Beide waren gut gekleidet.

Ich drehte mich wieder nach vorne um und war auch schon an der Reihe. Die freundliche Dame in Uniform am Schalterdurchgang fragte nach dem Ticket. Nachdem sie das Dokument mit den Augen überflogen hatte, inzwischen wurde es 11:15 h, sagte sie:

„In Ordnung; die Maschine fliegt um 12:00 h ab!"

„Danke! Ich weiß schon."

Rasch schritt ich durch die Korridore zu den Fingerdocks, die mich zur wartenden Iberia-Maschine führten.

***

Nachdem die Passagiere ihre Plätze eingenommen hatten, machte ich's mir neben dem älteren Herrn am Fensterplatz gemütlich.

„Sind wir wieder gleichweit?" meinte er und fragte: „Wo geht's denn endgültig hin?"

„Nach Marokko!" antwortete ich ihm.

„Na, dann haben Sie noch einen weiten Weg vor sich."

Die Stewardess unterbrach unser Gespräch, nach ihrer Begrüßung und ihren Instruktionen rollte die Maschine kurze Zeit später zur Startbahn, dann hob das Flugzeug ab. Zuerst stieg es einige Minuten schräg nach oben, dabei wurden wir fest in die Sitze gepresst. Dann erreichte die Maschine ihre Flughöhe und der Druck, den wir vorher empfunden hatten, ließ nach. Die Aussicht aus meinem Guckfenster war herrlich. Ich lehnte mich im Sitz zurück und nahm aus der Rückseitennetztasche des Sitzes vor mir eine Zeitschrift und beschloss, die interessanten Artikel durchzustöbern.

Zürich-City: Freitag, 15. Mai, 13:00 h

Kommissar Ugo Corti von der Kripo Zürich stapfte unruhig im kleinen Hotel-Zimmer hin und her.

Der Portier an der Rezeption hatte die Polizei verständigt. In Windeseile rasten sie von Tatort eins heute Morgen, einem Penthouse-Appartement im Seefeld-Quartier, dessen Eigentümerin Frau Ziegler-Bohrman war, hierher. Die Raumpflegerin, die regelmäßig am späten Freitagmorgen die Loge ihrer Arbeitgeberin reinigte, meldete ihnen, ihre Chefin läge tot in ihrem Wohnzimmer.

Und nun die zweite Leiche, eine Drogentote, ihre Tochter, tot wie ihre Mutter. Es wollte nicht in seinen Schädel rein. Der Rapport des Polizeiarztes lautete:

„Das Mädchen im Hotel seit sechzehn Stunden tot, die Mutter im Appartement seit heute früh. Todesursache bei der Mutter: Nach schwerer Misshandlung Genickbruch. Bei der Tochter: Überdosis."

„Kommissar, mehr kann man im Augenblick nicht feststellen."

„Genug, genug!" erwiderte der kleine, rundliche Kommissar im abgetragenen Karo-Jackett – in den Fünfzigern – heftig. „Drogentote ohne Ende! Zürich, wo gehst du hin?!"

Er musste sich auf die Bettkante setzen, um sich zu beruhigen.

„Und jetzt noch der Mord an einer Bohrman! Wissen Sie was?" er musterte den Polizeiarzt scharf. „Hier stinkt's gewaltig!"

Es klopfte an der Zimmertüre.

„Herein." brummte Corti. Sein Jungassistent, Bruno Keller, auf den er hohe Stücke hielt, erschien auf der Bildfläche.

„Na? Was näheres rausgefunden?" fragte er ihn.

„Nein! Nichts Besonderes… außer …"

„Ja, was außer?"

„Der Hotel-Besitzer ist für einige Tage im Urlaub, ohne Ortsangabe."

„Wenn da nichts dran ist, soll mich der Affe lausen! Bruno, ich erteile Ihnen den Auftrag, das Leben von Michael Knecht gründlich zu durchleuchten. Ab sofort haben Sie in dieser Angelegenheit Sonderbewilligungen!"

„Vielen Dank für Ihr Vertrauen."

„Zeigen Sie mal, was in Ihnen steckt. Entfalten Sie sich!"

„Ich werde mein Bestes geben."

„Ich erwarte nichts anderes von Ihnen, Bruno!"

Der Assistent verabschiedete sich und nahm seine Ermittlungen auf.

„Nun, Baumann, gibt's hier noch Spuren zu sichern?"

„Alles paletti, Kommissar. Von mir aus können wir abmarschieren. Den Rest wird der Laborbefund zeigen. An diesem Taschentuch," er zeigte einen Plastikbeutel, in dem ein blutfleckiges Taschentuch verwahrt wurde, „ist eine Spritze abgeputzt worden – das wird interessant."

„Lassen wir uns überraschen." meinte Ugo.

Gemeinsam verließen sie das kleine Hotel und fuhren ins Polizeihauptgebäude an der Urania-Straße zurück.

***

Etwas später hockte der Kommissar in seinem Büro und vertiefte sich in Akten über Wirtschaftsverbrechen. Ihm spukte eine bestimmte Information im Gedächtnis umher:

„Vor Jahren war doch etwas mit den Bohrmans gewesen? Was genau nur?" Die Offenbarung kam ihm selber nicht. „Aha! Gleich haben wir es!" Die Akte Bohrman lag in seinen Händen. Leise las er die Akte: „1972 … Also vor neunzehn Jahren … Industriespionage … Kontakte mit dem organisierten Verbrechen … Nicht beweisbar … Kläger: Schwedischer Konzern Renox … Bohrman-Industries-Switzerland bringt Geheimprojekt von Renox vor dem Schweden auf den Markt … Schadenersatzklage … Zwei Millionen Dollar … Renox Prozess verloren."

Er hielt inne.

„Das war ja der Skandal!" entfuhr es ihm. Corti fasste zusammen: „Einmal Mafia. Wieder Mafia."

Dennoch spürte der alte Hase, dass diesmal ganz andere Kaliber im Spiel waren. Wie so oft in derartigen Fällen, nahm er sein kleines Taschennotizbuch zur Hand und notierte darin persönliche Eindrücke. Er vermerkte:

„Tochter von Erika Ziegler-Bohrman an Überdosis Heroin zugrunde gegangen. Ihre Mutter in fast gleichem Zeitraum misshandelt, Todesursache: Genickbruch. Bohrman-Industries vor neunzehn Jahren nicht belegbare Mafiakontakte. Hotel-Besitzer ohne Zielangabe verschwunden ... Das ergibt ein römisches Puzzle."

Zürich-Küsnacht: Freitagnachmittag, 15. Mai

Dienstbeflissen machte sich Bruno Keller an seine Aufgabe. Diese Gelegenheit zu glänzen, durfte er sich nicht entgehen lassen. Bruno war ehrgeizig und zielstrebig.

Polizist, das hatte er schon immer werden wollen. Sein Bubentraum! Oftmals hatte er den Polizeiposten in der Nähe seiner Wohnung beobachtet; das geschäftige Treiben dort, die Uniformen, die Beamtenautorität, waren seinen Kinderaugen nicht entgangen und haben ihm mächtig imponiert. Besonders, da er die Überzeugung hegte, dass sie sich immer für das ethisch Richtige und Wahre einsetzten.

Heute wusste er es besser, jeder Standpunkt war relativ, der Polizeiapparat schwerfällig und durchaus manipulierbar. Dennoch erblühte sein Stolz angesichts des Faktums, ein Mitglied der Kripo zu sein. Und das Arbeitsverhältnis zu seinem direkten Vorgesetzten, das konnte sich sehen lassen.

Irgendwo im tiefen Seelengrund glaubte er auch, dass letzten Endes auf verschiedenen Wegen das Rechte und Wahre gewinnen würde. Diese Überzeugung, zusammen mit dem Glauben an Gott - Bruno war aktives Mitglied einer Kirche und opferte viel Freizeit für "seinen Dienst am Nächsten", wie er es auszudrücken pflegte - ergaben seine Antriebskraft, das Beste zu hoffen und sich voll einer Sache zu verschreiben.

Nun hatte er sich den Hausdurchsuchungsbefehl geangelt und befand sich auf dem Weg zum Einfamilienhaus von Michael Knecht in Küsnacht. Innerhalb von zweiundzwanzig Minuten erreichte er diesen Ort. Er stoppte vor dem Küsnachter Postgebäude, schritt ins Office und fragte die diensthabende Freundlichkeit in Person: „Tag wohl! Könnten Sie mir erklären, wie ich von hier zum Traubenweg 16 gelange?"

„Natürlich! Sehen Sie hier."

Sie ergriff aus der oberen Schublade ihres Schaltermöbels einen kleinen Ortsplan von Küsnacht, legte ihn geöffnet auf die Durchreiche und zeichnete ihm mit Bleistift den kürzesten Weg zum Einfamilienhaus darauf ein.

„Herzlichen Dank!" verabschiedete sich Bruno und nahm den kleinen Plan mit.

Kurz darauf stand er vor dem Haus. Am Gehsteig parkierte Keller den Dienstwagen so, dass noch genügend Platz frei blieb zur Durchfahrt in das schmale Sträßchen. Dann stapfte er durchs Gartentor, folgte der kleinen Steintreppe nach unten bis vor die Haustüre und betätigte dort die altmodische Klingelvorrichtung. Zwei Minuten wartete er, dann klingelte er erneut; wieder ließ er zwei Minuten verstreichen. Niemand meldete sich, auch war kein Geräusch aus dem Innern der Altvilla auszumachen. Vollkommen still stand diese da. Bruno entschied, die antike Haustüre mittels Polizeidietrichen, die er für solche Zwecke stets mit sich in der Jacke führte, zu öffnen.

Das Schloss enthielt keine Sicherungen … ein Kinderspiel ...

„Wie in alten Zeiten." wunderte er sich.

Vorsichtig tappte Keller in den Flur, der ins Parterrewohnzimmer führte. Dort angelangt bot sich seinen Augen ein Bild, das bestätigte, dass schon vor ihm jemand die gleiche Idee praktiziert hatte. Alle Schubladen standen geöffnet und durchwühlt da, ebenso alle Schränke. Wild zerstreut lagen auf dem Parkettboden Briefe, Notizblöcke und Ordner.

„Dieser jemand hatte offensichtlich unter Zeitdruck gehandelt, dabei war er nicht zimperlich vorgegangen!" Brunos Blick wurde magisch von dem Couvert, das unter seinem rechten Fuß hervorlugte, angezogen.

Er entzifferte es: … Sir… Fah… Mussair… Rue Hadj Am… 48… Casabl…

Plötzlich vernahm Keller hinter seinem Rücken ein verdächtiges Geräusch! Zu spät! Es krachte auf seinen Hinterkopf! Tausend Sterne erglühten vor seinem inneren Auge! Der schwere Hieb donnerte in seinem Gehirn weiter fort! Seine Sinne signalisierten: „Metall mit Tuch umwickelt." dann verlor Bruno das Bewusstsein.

***

Keller wusste nicht, wie lange er bewusstlos auf dem Parkettboden gelegen hatte.
„Eine Stunde ... oder mehr?"
Durch das ihm gegenüberliegende Stubenfenster drang Abenddämmerungslicht.
„Also einige Stunden." schloss er. Mühsam rappelte er sich hoch. Irgendetwas verklebte seinen Hemdkragen mit seinem Nacken. Behutsam tastete er mit der Hand die klebrige Masse ab. „Halbeingetrocknetes Blut," fühlte Bruno, „aus einer tiefen Platzwunde herrührend."
Mit den Fingerspitzen tastete er vorsichtig weiter die Wunde am Hinterkopf ab. Die Schramme war nicht gerade klein und an ihrer dicksten Stelle ziemlich breit und tief, außerdem war sie feuchtwarm und nicht vollständig verkrustet ...
Die alte Standuhr im Wohnzimmer schlug 21:00 h. Cortis Büro war längst zu, außer sein Chef tätigte Überstunden.
Mit dröhnendem Kopf schnappte er das blaue Phone vom Eichenholzpult und setzte sich vorsichtig, jede Ruckartigkeit vermeidend, auf den roten Polsterstuhl daneben. Er tippte die Nummer seines Vorgesetzten ein: Nur das Leersignal ertönte.
„Vielleicht habe ich mich verwählt? In diesem Zustand kein Wunder! Also wiederholen."
Diesmal wählte er genau, niemand reagierte.
„Ugo ist offensichtlich zuhause." Dort wollte er ihn nicht mehr stören. Bruno legte den Hörer auf und schickte sich an, ebenfalls nach Hause zu fahren.
„Meine Esther arbeitet als Arztgehilfin, sie wird mich zusammenflicken. Den Bericht übergebe ich dem Chef morgen."

Sein Blick auf den Boden zeigte ihm, dass das Couvert mit der Adresse nicht mehr da war.

„Wie war's noch? Sir... Mussair... in Casablanca." Sein Blut trommelte im Herzrhythmus an die Schläfen und erinnerte ihn daran, was er vorhatte. „Rue Hadj...," weiter wusste er nicht mehr, "irgendetwas mit der Zahl... 47... oder 48."

Schwerfällig erhob er sich und verliess die Villa, setzte sich ins Auto und tuckerte mit einem grauenhaften Schädelbrummen nach Hause.

Madrid: Freitag, 15. Mai, 14:30 h

Nach einem angenehmen Flug erreichten wir zweieinhalb Stunden später den Aeropuerto de Madrid.

Nach der Gepäckübernahme telefonierte ich einem örtlichen Taxi, der mich auf kürzestem Weg zur Estación de Madrid bringen sollte.

Während der Fahrt zum Bahnhof bemerkte ich nicht, dass uns ein dunkelblauer Mercedes folgte. Dem aufmerksamen Auge des Taxifahrers war diese Begebenheit jedoch nicht entgangen.

Freundlich fragte er: „Didn't you have enough space in the Mercedes?"

Erstaunt schaute ich in den Rückspiegel und bemerkte den dunkelblauen Mercedes, der beharrlich hinter uns herfuhr und sich dabei alle Mühe gab, uns nicht zu verlieren. Brennend durchfuhr es mich „Du wirst beschattet!" Gegenüber dem Fahrer ließ ich mir jedoch nichts anmerken und antwortete lächelnd: „For all of us, it was too narrow."

„Yes, yes, that happens, Señor." Der Chauffeur hielt die Verfolger für Busenfreunde.

Konzentriert beobachtete ich den Rückspiegel und entdeckte, dass drei dunkelhäutige Männer drinsaßen. An der Front der Lenker und sein Beifahrer, auf dem Rücksitz halb verdeckt ein Bulle von einem Mann. „Irgendwo hatte ich doch schon zwei von ihnen gesehen?

Natürlich! – Die beiden letzten Fluggäste im Airport Zürich-Kloten."

Mir dämmerte es: „Ich war entlarvt ... Die vielen Menschen am Zürichseeufer ... Wie einfältig von mir ... ein kleines, verstecktes Café in der Altstadt wäre besser und übersichtlicher gewesen."

Urplötzlich wurde es mir speiübel in der Magengegend. Ein untrügliches Gefühl stieg in mir hoch, dass ich froh sein musste, wenn ich diesen Fall überleben würde!

„We just arrived, Señor." unterbrach die Stimme des Taxifahrers meine Überlegungen. Rasch zahlte ich, fasste mein Gepäck, entstieg wortlos unter seinen verblüfften Augen dem Taxi und verschwand in wenigen Sekunden im Menschengewühl vor dem Bahnhof.

Ich steuerte direkt die Bahnhofsauskunft an, um mich bei der rothaarigen Weiblichkeit mit Brille hinter dem Auskunftsschalter zu erkundigen. „Guten Tag. Ich möchte gerne wissen, wann fährt der nächste Zug nach Algeciras?"

„Der Zug fährt in zweieinhalb Stunden auf dem Perron fünf, Señor." wisperte sie. „Entschuldigung, Señor, mich plagt eine Erkältung." klärte sie auf meinen verdutzten Gesichtsausdruck hin.

„Wie lange dauert die Bahnreise?"

„Elf Stunden. Von 18.00 h heute Abend bis um 05.00 am nächsten Morgen. Dann sind Sie in Algeciras." lächelte sie freundlich.

„Gracías, Señorita." dankte ich mit meinem Spanischbrocken. Dann verliess ich die Schalterhalle und suchte mir ein angenehmes Restaurant in der Nähe. Nach einem Rundgang im Bahnhofsgelände sagte mir ein größeres zu. Ich beschloss, dort eine kräftige Mahlzeit einzunehmen.

Die bestellte Paella war so scharf gewürzt, dass ein Liter Aqua benötigt wurde, um den Brand zu löschen. Beim Café au lait kreisten meine Gedanken unentwegt über mein Dilemma.

„Faktum ist, ich bin aufgespürt worden; in kurzer Zeit würden sie auch hier aufkreuzen, es ist ein Wunder, dass ich das Essen in Ruhe beenden konnte."

Als ob sie es gespürt hätten, betraten die zwei das Restaurant. In einer Ecke, von der sie mich gut im Auge behalten konnten, setzten sie sich nieder.

Meine grauen Zellen im Gehirn arbeiteten weiter: „Ich trug keine Schusswaffe bei mir, ein verhängnisvoller Fehler. Den konnte ich jetzt auch nicht mehr zum Verschwinden bringen. Es musste einen anderen Weg geben, andere Möglichkeiten."

Vorerst entschied ich, mir eine deutsche Zeitung vom Buffet zu holen und mich so unbefangen wie möglich zu verhalten. Wieder beim Tisch sitzend schlug ich die Zeitung auf und schaute die Schlagzeilen durch. Aufnehmen war ein frommer Wunsch – es war bloß ein Hingucken. Ich suchte einen Ausweg: „Mir blieb nur meine Erfahrung als Judoka ... meine Körperkraft vom Powerlifting ... Der Train würde erst in eineinviertel Stunden ankommen. Eine lange Zeit. Sollte ich das Ganze hinschmeißen? Einen Fax an Erika Ziegler-Bohrman senden: Sage Auftrag ab, nicht durchführbar."

Plötzlich erhielt ich die richtige Inspiration: „Ich war ja gar nicht alleine! Jeremia würde ab dem 18. Mai am Casablanca-Turnier in Marokko teilnehmen. Sollte ich ihn jetzt kontaktieren? Nein! Ich würde ihn direkt am Turnier treffen und ihn einweihen ... Diesen Joker musste ich solange wie möglich geheim halten. Denn vielleicht war er der entscheidende Trumpf im hässlichen Spiel."

Die Ausschöpfung dieser Idee stärkte mich und gab mir erneut Mut. Ich spann meine Fäden weiter. „Wahrscheinlich planten sie, mich im Stahlross ins Jenseits zu schicken. Ich muss ihnen zuvorkommen, sie austricksen. Ja! Hier liegt eine brauchbare Lösung." Langsam erarbeitete ich mir eine Möglichkeit, wie ich mir die beiden vom Halse schaffen konnte.

Endlich war es soweit. Die Eisenbahn fuhr ein. In zwölf Minuten war Abfahrt. Ich rief den Kellner und machte mich auf die Socken.

Kurze Zeit später befand ich mich in der Bahn und suchte mein Abteil, die Nummer 83. Nachdem ich es gefunden hatte, begab ich mich hinein. Es war ein klassisches Zweitklassenabteil mit sechs Sitzen, die zu drei Liegebetten ausgezogen werden konnten. Das Abteil war komplett auf meinen Namen reserviert. Das Gepäck platzierte ich auf der linken Sitzreihe. In wenigen Stunden würde es dunkel werden. Ich musste auf der Hut sein, denn die Nacht war ihre Verbündete, aber auch meine. Ich öffnete die Türe des Abteiles und beobachtete harmlos den Flur. Viele Menschen drängten sich in ihre Abteile. Da! Auf einmal erspähte ich sie und sie mich. Ihr Abteil war einige Kabinen weiter entfernt von mir. Ich zählte: „Eins, zwei, drei, vier … bei fünf stoppte ich. Dort sah ich sie eintreten. Also die Nummer 77. Mein Plan begann zu reifen. Die spanischen Militäroffiziere, die ebenfalls einstiegen, besetzten zwei Abteile neben mir, die zwischen uns lagen. Dies kam mir sehr entgegen, besonders, da einige von ihnen ihre Order übertreten hatten und sich offensichtlich in angetrunkenem Zustand befanden und den noch steigern konnten. Sie würden eine gewisse Zeit lärmen und dann einschlummern. Diese Spanne würden meine Gegner nutzen, um mich zu beseitigen. Ich aber würde diese Zeitspanne ebenfalls zu nutzen wissen. Ich zog die Schiebetüre wieder zu und startete mit den Vorbereitungen für ihren Empfang.

Das stählerne Ungetüm ratterte los. Aus meinem Koffer entwendete ich die zwei langen Frottiertücher und modellierte diese auf der rechten Sitzreihe nach dem Hochklappen der Lehnen so, dass es im Halbdunkel täuschte, und man versucht war, zu denken, ein Mensch schliefe hier mit dem Haupt zur Türseite. Dann deckte ich das Ganze mit einer von den Wolldecken zu, die auf den Gepäckträgern lagen. Es gelang vorzüglich. Nun wechselte ich die Kleider und zog mir Trainer und Turnschuhe über, um meine Schnelligkeit und Beweglichkeit zu steigern. Das übrige Gepäck verräumte ich auf die Gepäckträger oberhalb der linken Sitzreihe.

Jetzt nahm ich ebenfalls auf dem linken Sitz, der direkt an der Türenwand lag, meinen Platz ein. Dabei presste ich mich in den toten Winkel, sodass man mich von dort nicht sofort bemerkte, die Übersicht auf das gesamte Abteil jedoch gut war, und lauerte auf meine nächtlichen Gäste.

Das eintönige Knattern der Eisenräder hämmerte endlos. Die Stunden zerrannen. Das Rattern lockte mich in eine schläfrige Entspannung. Orpheus klopfte an und schloss mich in seine Arme.

Urplötzlich schreckte ich durch den lauten Gesang der Offiziere hoch; die Nacht war bereits heraufgezogen. Dunkelheit umfing das Abteil. Schemenhaft nur erkannte man die Umrisse der unmittelbaren Umgebung. Es war ihre Zeit, ich spürte es mit jeder Faser.

Meine Aufmerksamkeit war bis aufs Äußerste angespannt. Angestrengt lauschte ich nach leisen Geräuschen, sobald die Soldaten ein Lied beendeten und kurz darauf ein neues, eine Oktave lauter, anstimmten.

Da! Meine Sinne spielten mir keinen Streich ... Jemand manipulierte vorsichtig, jegliches Geräusch vermeidend, an meiner Schiebetüre; jetzt öffnete er sie leise von rechts nach links; ein riesiger Schatten stieg ein und schloss sie schnell wieder. Es war der Bulle, flink - trotz seines massigen Körpers - trat er, den Rücken mir zugewandt, vor die rechte Liegesitzreihe, hob den Arm hoch, in dessen Hand er den Totschläger hielt, und schlug dort, wo er meinen Kopf vermutete, kräftig zu. Im selben Augenblick sprang ich ihn von meinem Sitz aus an und warf ihn mit Wucht zu Boden. Blitzartig, seine Überraschung ausnutzend, entriss ich ihm den Totschläger und schlug mit diesem mit aller Macht auf seinen Schädel ein. Der Bulle versuchte sich wegzudrehen, dabei erwischte ich ihn voll an seiner Schläfe; nach zwei... drei kraftvollen Hieben an diese Stelle gab er kein Geräusch mehr von sich. Blut sickerte aus seinem Mundwinkel; ich horchte ihn ab, Atmung, Puls ... Die Soldaten johlten unterdessen noch lauter; nach einigen Sekunden wurde es mir bewusst: Ich hatte ihn totgeschlagen, er war so still, wie man es nur tot sein konnte!

Brechreiz überflutete mich, ich erhob mich, kurbelte das Fenster runter und musste mich in die Nacht erbrechen.

Einen Moment atmete ich die kühle, hereinströmende Luft ein. Es blieb nicht mehr viel Zeit. Der andere würde bestimmt Verdacht schöpfen ... Die Leiche musste verschwinden... Also ans Werk. Der Koloss war unglaublich gewichtig; alle meine Kräfte wurden benötigt, um ihn hochzuziehen. Endlich lehnte er gegen die Fensterwand; nun, indem ich seine Beine anhob und ihn der Wand entlang nach oben stemmte, kippte sein Oberkörper nach draußen und zog die Beine mit sich fort. Er verabschiedete sich noch einmal, indem er an der Außenwand aufschlug; dann rollte er die Grasböschung hinunter und nahm dort in einer Erdmulde seinen Stammplatz ein.

Unter dem monotonen Geknatter der Schienen und dem Gegröle der Offiziere im Abteil nebenan verschwand die Leiche in der Schwärze der Nacht. Mir floss der kalte Schweiß das Gesicht hinunter. Auch der eindringende Nachtwind vermochte ihn nicht mehr zu trocknen. Plötzlich vernahm ich einen zischenden Laut hinter mir, brüsk drehte ich mich um die eigene Achse und sah einen Schatten mit gezücktem Klappmesser auf mich losspringen. Sofort ließ ich mich zur Seite niederfallen, der Schatten landete neben mir am Boden, seine Klinge verfehlte mich nur knapp. Blitzschnell rollte ich zur Liegestätte, riss die Wolldecke mit beiden Händen herunter, sprang auf die Füße und warf die Decke nach ihm. Gerade rechtzeitig, denn er setzte schon zum zweiten Angriff an. Die Wolldecke verwirrte ihn für Sekunden, das war die Chance! Ich hechtete auf ihn los, packte seinen messerfreien Arm und warf ihn mit dem Hüftpresswurf Hanemakikomi zu Boden. Dort erdrosselte ich ihn durch einen Judowürgegriff. Er röchelte kurz und verstarb.

Nach einer kurzen Atempause hob ich ihn mit der Wolldecke umwickelt hoch - er war leichter als sein Vorgänger – und warf ihn aus dem offenen Fenster. Nun rollte er in ein angrenzendes Waldstück hinab und verfing sich dort in den Büschen.

Im fahlen Mondlicht blickte ich ihm nach bis das Eisenross die nächste Biegung vollzog und er meinen Augen entschwand.

Die Soldaten beendeten soeben ihr Lied, um ein nächstes anzufangen. Aber dieses erklang schon nicht mehr so kräftig aus den Kehlen.

„Wahrscheinlich ihr letztes." Ich putzte die Blutspuren weg und stellte die Ordnung im Abteil wieder her.

Unruhe überwältigte meine Sinne: „Jetzt bin ich ein Mörder! Eigentlich nicht! Es ist Notwehr gewesen! Wer würde sie vermissen? ... Zwei Marokkaner, deren Handwerk das Töten von Menschen war ... Niemand! Außer ihr letzter Auftraggeber. Ein schäbiges Leben. Ein schmutziger Tod ... Von ihrem eigenen Opfer beseitigt! Die örtliche Polizei einbeziehen? Nein! Niemand würde mir glauben, es gab keine Zeugen. Und außerdem ... Polizei? Eher ein Fall für Interpol!"

Den Rest des Trips wollte ich absolut unauffällig abschließen. Müdigkeit ergriff meinen erschöpften Körper. Es wurde allmählich ruhig im Wagen.

Ich zog die Sitze an der Fensterfront zu einem Liegebett aus und legte mich mit der zweiten Wolldecke zugedeckt aufs Ohr. Nach anfänglicher Nervosität verfiel ich in tiefen Schlaf.

Gegen 22:30 h erreichte Keller Zürich-Wollishofen. Er glaubte kaum, dass er's geschafft hatte! Ihre Wohnung lag an der Paradiesstrasse 21. – Das ist kein Witz, die Straße hieß tatsächlich so. – Warum? Das wusste Bruno auch nicht. Unweit dieser Straße gelegen stand der Entlisbergwald, das Erholungsgebiet für Anwohner und Viecher, die davon regen Gebrauch machten.

Mit seiner Gattin Esther wohnte er in einem älteren Mehrfamilienhaus, zu mehr hatte es bisher nicht gereicht. Keller suchte einen Parkplatz in der Nähe seiner Residenz. Das Glück war ihm hold. Vorm Hauseingang wurde er fündig.

„Dann muss ich mich nicht soweit vorwärtsschleppen. Zu anderem bin ich nicht fähig."

Mühsam kroch Keller aus seiner Dienstkarosse, ein Blick ins dritte Stockwerk zeigte ihm, dass noch Licht in der Wohnung brannte; sonst war's außer der Straßenbeleuchtung dunkel.

„Esther, das gute Stück, ist noch hellwach, bestimmt konnte sie vor lauter Angst um mich nicht einschlafen. Man wusste ja nie, was bei diesem Job alles losgehen konnte."

Sie hatten zusammen oftmals darüber diskutiert. Für einen Moment verwünschte er seinen Job, fasste sich jedoch wieder.

„Gott wird uns beschützen." hatte er ihr immer wieder versichert.

Sein Glaube an Gott war so unerschütterlich wie ein Felsen in der Brandung. Esther gehörte zur gleichen Glaubensgemeinschaft. Dort hatten sie sich bei kulturellen Anlässen kennengelernt. Beide waren stark an klassischer Musik und Literatur interessiert. Über diese Themen waren sie sich näher gekommen. Später wurde geheiratet in ihrem Glauben; das war nun drei Jahre her.

Leise öffnete er die Haustüre und behutsam ließ er sie wieder ins Schloss fallen. Dann folgten die mühsam steilen Steinstufen ins dritte Stockwerk.

„Konzentrieren, nur langsam gehen, eine Kartoffel nach der anderen." leitete Bruno sich selbst an. „Du schaffst es."

Nach unendlich langen Minuten und keuchend wie ein sterbender Stier beim Todeskampf in der Arena stand Keller endlich vor seiner Wohnungstüre. Wie durch Nebel nahm Bruno wahr, dass Esther die Türe öffnete, dann fiel er vornüber in ihre Arme und versank erneut in Ohnmacht. Die Anstrengungen während der letzten neunzig Minuten überstiegen seine Ressourcen.

Nach endloser Schwärze, wie's ihm schien, erwachte er und fand sich mit einem dicken Verband um seinen Kopf auf dem Doppelbett in frischer Unterwäsche liegend vor. Neben ihm hockte seine bessere Hälfte und hielt seine ihr zugestreckte rechte Hand.

„Was ist denn geschehen?" fragte sie tiefbesorgt. „Woher hast du diese fürchterliche Wunde am Hinterkopf? Der Hausarzt ist hergeeilt und hat sie zugenäht! Und mindestens eine Woche Arbeitsruhe verordnet, wegen dem enormen Blutverlust. Das Hemd und die Unterwäsche sind blutdurchtränkt gewesen."

„Esther, wie lange war ich nicht mehr unter den Lebenden?" witzelte Bruno.

„Lass das, Schatz." antwortete sie verärgert. Scheinbar war sie nicht in der gewünschten Stimmung; nun ja, es war auch nicht der richtige Zeitpunkt dafür. „Drei Stunden und fünfundvierzig Minuten." klagte sie.

„Dann kräht ja bald der Hahn."

„Es ist 02:23 h! Was war los?!"

„Dieser Mordfall heute ... Erika Ziegler-Bohrman ... und ihre Tochter... drogentot .... ich sage dir Esti ... ein heißes Eisen ... bei der Überprüfung von Michael Knecht ... in seinem Küsnachterhaus ... wurde ich niedergeschlagen... offenbar habe ich jemand bei seiner ... Privatdurchsuchung überrascht."

„Willst du diesen Fall nicht abgeben? Das sieht gefährlich aus, ich habe Angst um dich." seufzte sie.

„Keine Bange." er streichelte zärtlich ihre Hand. „Halb so schlimm."

„Hoffentlich." es kullerten ihr Tränen über die Wangen.

„Nicht weinen, du kennst ja unsere Hilfe."

„Ja ja, ich weiß, du und dein Gott."

„Esther. Er ist da ... Er hilft wirklich ... Ich weiß das."

„Ich weiß es auch. Entschuldigung, ich hatte eine Krise."

„Na also! Kopf hoch ... Auf ihn vertrauen und zu ihm beten."
Sie nickte ihm lächelnd zu.

„Der Kommissar weiß noch gar nichts von diesem Vorfall, Esti ... Morgen müssen wir ihm Bericht erstatten ... Schnell, hol den Aktennotizblock aus der Schreibtischschublade ... Wir müssen noch dringend etwas notieren, eh ich's vergesse."
Eine Minute später saß sie mit dem Aktennotizblock wieder beim Bett.

„Liebling, schreib ... Sir Mussair ... Rue Hadj ... verflixt, weiter weiß ich nicht mehr... halt noch, Casablanca ... das ist alles... nein, Moment, schreib noch ... 47 oder 48 ... das ist die Straßen Nummer ... diese Adresse entdeckte ich auf dem Couvert kurz vor meinem Niederschlag ... aber... das... liegt nun auch... nicht mehr dort."

„Gibt es sonst noch was zum Schreiben?"

„Nein, das war's."

„Morgen ruf ich ihn an, du musst jetzt dringend schlafen, denn du brauchst unbedingt Ruhe ... Corti wird morgen alles Weitere in die Wege leiten."

„Danke, Esti."

Nach einem dicken Gutnachtkuss deckte sie ihn zu, kurz darauf schlummerte Bruno erneut ein.

Algeciras: Samstag, 16. Mai, 04:30 h

Die Morgendämmerung kroch ins Abteil und weckte mich um 04:30 h. Noch eine halbe Stunde, dann erreichten wir Algeciras, der Endpunkt von Europa und diesem Erdteil.

Dann folgte das Überschiffen durch die Straße von Gibraltar zur Hafenstadt Tanger in Marokko.

Das Tor zu Afrika, ein anderer Kontinent – mystisch und sagenumwoben.

Ausgeruht erledigte ich die Morgentoilette im Toilettenwaschraum, der am Ende des Flurs lag. Zurück packte ich meine Siebensachen und genoss noch eine Weile die farbenfrohe Aussicht auf die abwechslungsreiche, vorübergleitende und erwachende Landschaft. Dann erreichte der Zug die Grenzstadt.

Der erste Abschnitt des ereignisreichen Trips lag hinter mir!

Zürich-Wollishofen: Samstag, 16. Mai

Am nächsten Morgen telefonierte Esther Ugo Corti ins Büro. Diesen Samstag hatte er Dienst. „Ja, Corti am Apparat." er räusperte sich.

„Guten Morgen, hier ist Esther Keller."

„Morgen, ja ... Was gibt's denn?"

„Kommissar, mein Mann ist ab heute bis Ende nächste Woche nicht arbeitsfähig. Er liegt verarztet im Bett, eine böse Wunde plagt ihn am Hinterkopf. Ich kann ihnen den Kurzbericht durchgeben über die neuesten Vorkommnisse in diesem Fall."

Sie teilte ihm das Wesentliche mit.

„Frau Keller! Das sieht mir eher nach einem Fall für Interpol aus. Mit Bruno werde ich später telefonisch Verbindung aufnehmen, sobald sich in dieser Angelegenheit drastische Änderungen ergeben ... und was ich noch sagen will: Sobald es sein Gesundheitszustand erlaubt, soll er mir einen Bericht, mit dem Arztzeugnis zusammen, überreichen ... und noch gute Besserung."

„Danke, Bruno kann's gebrauchen."

„Nichts zu danken, Frau Keller, auf Wiederhören."

„Auf Wiederhören, Kommissar."

Algeciras: Samstag, 16. Mai

Ich verliess den Bahnhof und zog die frische Meeresbrise ein, die hier zu verspüren war.

„Was für ein schöner Ort für Ferien." Das frühe Morgenlicht schrie es mir ins Gesicht.

Aber ich hatte den Auftrag angenommen und nach dem Zwischenfall in der Bahn gab's ohnehin kein Zurück mehr.

„Die Leichen würden innerhalb der nächsten ein bis zwei Tagen gefunden werden. Was folgte als Nächstes? ... Interpol! Es war lediglich eine Zeitfrage."

Ich hoffte, den Fall vorher aufzuklären. Ansonsten würden sich die Komplikationen vervielfältigen – mehr als mir lieb war.

Es war der dritte Tag meines Unternehmens; in noch vier zusätzlichen Tagen wollte ich das Ding hinter mir haben. (Wie recht ich damals doch hatte, war mir nicht klar, denn plötzlich überstürzten sich die Ereignisse.)

Nach einem ausgiebigen Frühstück in einem Restaurant nahm ich mir ein Taxi, der mich zum Port of Algeciras fuhr, um dort am Schiffsteg die Ankunft der Fähre abzuwarten.

Eine Zeitspanne später stand ich vor dem gesuchten Steg. Laut Auskunftstafel erreichte das nächste Schiff in zweieinviertel Stunden den Port of Algeciras, verblieb eine halbe Stunde hier und startete dann um 09:30 h nach Tanger. Die Überfahrt durch die Straße von Gibraltar dauerte ungefähr eineinhalb Stunden. In der Nähe des Stegs machte ich es mir auf einer Holzbank bequem. Die Mittelmeersicht war herrlich, der Himmel erstrahlte in schönstem dunkelblau, kein Wölklein trübte ihn und es herrschte eine wohlige Wärme.

Dieses Klima vermisste ich in Zürich. Ja! Zürich, das lag jetzt weit weg. Mein Leben hatte einen Wendepunkt vollzogen.

Wer hätt's erwartet? Ich zuallerletzt! Obwohl der ruhelose Geist eines Schmetterlings in mir treibt.

Jedoch, dass ich mich dereinst da befinden würde, wo ich jetzt stand, in dieser Situation. Niemals hätte ich's gedacht.

***

Das Motorbrummen des Schiffsrumpfes näherte sich. Das Ungetüm in weißem Lack aus Chrom und Stahl tuckerte in den Hafen. Es war an der Zeit, sich bereit zu machen, um einzusteigen. Just flog ein Möwenschwarm über uns hinweg. Der Kontrast zum Blau des Himmels ergab ein prächtiges Bild.

Endlich verliess auch der letzte Passagier das Schiff und ein neuer Strom Menschen stieg mit mir zusammen ein. Planmäßig lichteten wir Anker. An der Fensterfront richtete ich mich ein und beobachtete die tanzenden Wellen, die vom Bug her an mir vorüberglitten. Unzählige Seevögel umkreisten kreischend die Fähre.

Von den Passagieren wurden sie durch hinausgeworfene Brotstücke, die sie geschickt mit ihren Schnäbeln auffingen, bis zum Bersten gefüttert.

Obwohl es erst in die Mitte des Morgens reichte, machte die beginnende Bruthitze auf sich aufmerksam. Deshalb entledigte ich mich des Jacketts und legte es auf den Stuhl neben mir. Dabei streifte mein Blick eine Tätowierung am rechten Unterarm:

Das Bild eines Schmetterlings. – Unverzüglich drangen Erinnerungen aus meiner Jugendzeit empor, in denen Jeremia, der Spaßvogel, Bruno, der Ernstere, und ich einen längeren Aufenthalt im holländischen Amsterdam verbrachten. In den Vergnügungsvierteln dort ließ ich mir die Tätowierung einstechen. Gerade mal neunzehn Jahre jung. Bruno war zwanzig und Jeremia zählte achtzehn Lenze. Was für eine tolle und unbeschwerte Zeit das damals war. Wir träumten von hochfliegenden Plänen, die Welt wollten wir aus den Angeln heben. Die Gefühle von Ewig-jung-und-unsterblich-Sein waren in uns unglaublich präsent! – Unser Lebensinhalt bestand aus Judo und Powerlifting! Einer von uns dreien schnappte wirklich Oberluft. Jerry, mit seinem dritten Rang an den Powerlifting-Europameisterschaften! Gänzlich aus den Augen verloren habe ich Bruno; das letzte, das ich von ihm hörte, war, dass er religiös geworden sei. Er hatte vermutlich schon immer nach Gott gesucht, ohne dass ihm das vollumfänglich bewusst gewesen war. Deshalb diese ernsten Momente! Im größten Jux! Vielleicht war Bruno längst irgendwo glücklich verheiratet mit einer Frau, die ähnlich dachte ... So wie Jerry mit Babs.

Unverhofft riss mich eine Stimme aus den Erinnerungen. Jemand fragte mich in gebrochenem Deutsch: „Entschuldigung, Monsieur, ist ihr Name nicht Niklaus Brandenberg?"

Überrascht drehte ich den Kopf in die Richtung, aus der die Stimme herdrang. Vor mir stand ein älterer Marokkaner in den Vierzigern im graphitgrauen Anzug.

„Ja ... der bin ich! ... Woher wissen Sie?"

„Sulaman!" stellte er sich vor. „Erika hat mir am Donnerstagabend einen Fax auf eine Geheimnummer geschickt. Der Beschreibung nach müssten Sie Niklaus Brandenberg sein."

Er setzte sich neben mich und raunte mir vertrauensvoll zu: „Überall könnten Sartors Spitzel lauern!" Um diese Gefahr zu unterstreichen, zog er mit dem rechten Zeigefinger die Haut unter dem rechten Auge kurz nach unten. „Wir werden an einem anderen, besseren Ort über alles sprechen, unterhalten wir uns jetzt nur über alltägliche Dinge."

Und so redeten wir über die Touristik und das Wetter.

Tanger: Samstag, 16. Mai, 11:00 h

Um 11:00 h herum erreichte unsere Fähre den Hafen von Tanger. Ein unbeschreibliches Gefühl berührte mich, als mein Fuß erstmals auf diesem Erdteil aufsetzte.
Tanger, einstmals als internationalisiert erklärt, das Tor zu Afrika, die haute goût der finanziellen Halbwelt. Ein buntes Völkergemisch in verschiedenen Abstufungen ihrer Hautfarbe – von weiß zu hellbraun bis zu tiefschwarz – tummelte sich im Hafen.
Die unermessliche Vielfalt von europäischen Klamotten bis hin zu typisch amerikanischen Jeans und arabischen Kleidern setzte die Farbtupfer.
„Burnus oder Chellabas heißen sie." erläuterte Sulaman. „Sie sind aus Kamelhaar angefertigt, kühlen im Sommer und im Winter konservieren sie die abgehende Körperwärme. Wobei für Europäer der Winter hier wie ein Vorsommer ist – elf bis sechzehn Grad Temperatur. Im Sommer jedoch ist es einunddreißig bis achtunddreißig Grad und darüber."
Ich merkte es, mir floss der Schweiß vom Haaransatz über das Gesicht herunter und nässte die Kleidung. Innert Minuten war kein Fetzen Stoff mehr trocken – alles klebte auf der Haut.
„Sie werden sich daran gewöhnen müssen, genug zu trinken, aber nicht zu viel Kaltes; nur unseren Thé à la menthe, heiß und mit viel Zucker, dann bis in zwei Tagen geht es Ihnen schon merklich besser."
„Ich werde es mir zu Herzen nehmen!" versicherte ich ihm.
„Wir werden nun ein kleines Hotel aufsuchen, das einem Verwandten von mir gehört. Es liegt in der Medina von Tanger, dort werden wir übernachten." sagte er.
Wir schlenderten an grellbunt bemalten Ständen und Läden vorbei.
„Das ist der Petit Socco und Grand Socco, die beiden Souk von Tanger." erzählte Sulaman.

Verschiedene Rassen aus Europa und Afrika verschmolzen hier zu einem Stück. Europäische sowie auch afrikanische Wortfetzen drangen aus den Marktgesprächen hervor. Unweit des hektischen Grand Socco bogen wir in eine kleine Gasse ab. Schließlich standen wir vor einem winzigen arabisch beschrifteten Hotel. Sulaman übersetzte die Zeichen:

„Sinngemäß übersetzt bedeutet das: Kleiner Vogel."

„In der Tat, groß ist es nicht!"

„Für unseren Bedarf groß genug." erklärte er, „Morgen fahren wir weiter nach Marrakech."

Beim Eintreten verspürte ich eine angenehme Kühle. Die gesamte Bodenfläche bedeckten kleine, bunte Mosaiksteinchen, die nach einem orientalischen Muster ausgelegt waren. Das Haus war vollumfänglich aus Stein erbaut – dies verursachte die angenehme Kühle. Am Rande des kleinen Vorraums auf der gegenüberliegenden Seite befand sich die Rezeption. Hinter dem mit afrikanischen Schnitzereien reichverzierten Holzschrein saß ein beleibter Mann im traditionellen Burnus.

„Das ist mein Vetter!" deutete Sulaman und nickte ihm zu. Er wandte sein Gesicht zu mir und wir begrüßten uns, dabei lachte er: „Marhaba, Monsieur Brandenberg! Die Zimmer sind bereit. Ich wünsche Ihnen einen angenehmen Aufenthalt in Tanger - Inschallah!"

Dann überreichte er uns die Zimmerschlüssel. Erstaunt über seine Deutschkenntnisse fragte ich Sulaman, als wir die Treppenstufen zum oberen Stockwerk bewältigten: „Weshalb beherrscht ihr Vetter die deutsche Sprache fast so gut wie Sie?"

„Das hat seinen Grund; mein Vetter arbeitete vor zehn Jahren für fünf Jahre in Deutschland. Dann besaß er genug Deutsche Mark, um dieses kleine Hotel zu eröffnen. Die meisten Einheimischen sprechen jedoch englisch oder französisch. Viele Marokkaner profitieren vom zunehmenden Tourismus, trotzdem behalten sie ihre Wesensart."

„Wenn es so bleibt, Sulaman, dann ist es gut für Marokko."

Unsere Zimmer lagen neben einander; das Hotel besaß, außer Parterre und erster Etage, keine weiteren Stockwerke.

„Wieviele Betten hat es denn hier?" fragte ich ihn.

„Vierundzwanzig! Das genügt für sein Auskommen. Unter dem Jahr sind meistens zwei Drittel belegt und in der Hauptsaison ist alles ausgebucht."

„Nicht schlecht."

„In der Medina besitzt er natürlich einen idealen Standort. Also, wir sehen uns in ungefähr einer dreiviertel Stunde bei der Rezeption, Monsieur Brandenberg."

Dann verschwand jeder in seinem Zimmer.

***

Das Zimmer war gerade groß genug für einen Gast. Ein schlichtes Bett, ein Kleiderkasten, davor ein kleines viereckiges Tischchen, ein einziger Stuhl und das Nachttischchen - alles aus Holz gezimmert. Dann das bescheidene "Steinbrünneli" mit einem Rundspiegel an der Wand - keine Duschgelegenheit.

„Wahrscheinlich gibt's nur gemeinsame Duschen und Toiletten im Erdgeschoss." folgerte ich. Nachdem ich mich mit der Räumlichkeit vertraut gemacht hatte, verräumte ich meine Sachen für die Nacht. Darnach legte ich mich rückwärts aufs einfache Bett und betrachtete die pastellrote Gipszimmerdecke. Mir fiel die farbenfrohe Zimmergestaltung auf; zur pastellroten Decke waren die ebenfalls vergipsten Wände zitronengelb gestrichen und die abgetretenen Bodenfliessen nussbraun gebeizt. Der Mix wirkte exotisch.

„Ein anderer Erdteil, ein anderes Volk."

Meine Gedanken überflogen noch einmal die jüngsten Ereignisse: „Das ist also der Vertrauensinformant, den ich eigentlich erst in Marrakech treffen sollte. Im Café Koutoubia, beim Platz ... Djemaa el-Fna, oder dem ... Treffpunkt der Toten ... makaber."

Mich fröstelte ein wenig.

Tanger: Samstag, 16. Mai, 12:30 h

Fünfundvierzig Minuten waren vorbei. – Zeit, zur Rezeption hinabzugehen, um mich mit ihm zu treffen, mein Geld in die marokkanische Währung Dirham umzuwechseln und weitere Informationen zu erhalten. Sulaman wartete bereits und begrüßte mich mit den Worten:

„Na, Monsieur Brandenberg, haben Sie sich schon eingerichtet?"

„Das Wesentliche ... sagen Sie mal, sind die Nassräume hier im Erdgeschoss angelegt?"

„Ja, in vielen Häusern von Marokko sind die sanitären Anlagen im Parterre eingebaut, weil's zurzeit am zweckmäßigsten und günstigsten ist. Wenn Sie duschen wollen, melden Sie es bei der Rezeption, dann wird eine der Kabinen reserviert. Die Toiletten hingegen sind jeder Zeit benutzbar ... Vergessen Sie nicht, dass wir hier in keinem Sternenhotel nächtigen – es ist eine einfache Herberge. Der beste Ort, um vor Sartors Fühlern vorübergehend sicher zu sein."

Dass diese Leute brandgefährlich sind, brauchte er mir nicht mehr zu wiederholen. Deshalb fragte ich ihn: „Kann man hier Schweizerfranken in Dirham umwechseln?"

„Selbstverständlich! Einen Augenblick, mein Verwandter kommt sogleich. Dann wird er für Sie wechseln, soviel Sie wollen ... Ah! Da ist er schon."

Der Besitzer erschien aus einem Nebenraum der Rezeption.

„Wie heißt er eigentlich?" fragte ich Sulaman.

„Quisar Ali!"

„Was wünschen der Monsieur?" fragte Ali.

„Herr Ali, könnte ich Schweizerfranken in Dirham wechseln?"

„Nix Problem, ich schnell wechseln."

Ich schob ihm einen Scheck über die Rezeptionstheke zu. Ali prüfte ihn kurz und öffnete ein Holztürchen, das unterhalb der Theke an der Innenwand eingelassen war. Dort befand sich

Wechselgeld. Er tauschte um, überreichte mir die Quittung zur Unterschrift und zählte mir den Betrag in Dirham aus.

„Ok?" fragte er schelmisch. „Ich immer gut für Sulamans Freunde wechseln."

„Merci!" lächelte ich zurück.

„Na denn." sagte Sulaman. Er nahm mich behutsam beiseite und informierte: „Morgen müssen wir weiterreisen nach Marrakech, dort lebt eine Vertrauensperson von mir. Die junge Frau hütet alle unsere gesammelten Unterlagen wie einen Schatz .... Wenn das erste Tageslicht brennt, werden Sie geweckt. Quisar fährt uns mit seinem Car nach Marrakech. Das sind 640 Kilometer von Tanger aus, acht bis neun Stunden werden wir für diese Strecke bei den hiesigen Straßenverhältnissen schon benötigen. Mein Vorschlag, Monsieur Brandenberg: Wir gehen jetzt noch zum Petit Socco, genießen den Nachmittag und essen ein Mechui. Anschließend begeben wir uns zeitig in die Federn, damit wir für den morgigen Tag ausgeruht und in Power sind. Einverstanden?!"

„Ok! Was ist eigentlich ein Mechui?"

„Das ist ein saftiger Hammelbraten à la Maroque!"

„Das klingt nicht schlecht. Also, auf was warten wir noch?!"

Kurze Zeit später verschwanden wir im Menschengetümmel des Petit Socco.

Tanger: Sonntag, 17. Mai, 05:00 h

Meine Armbanduhr zeigte 05:00 h an. Es klopfte an meiner Zimmertüre dreimal kurz, dreimal lang, das vereinbarte Zeichen.

In wenigen Minuten war ich bereit, auf leisen Sohlen verließen wir den ‚Kleinen Vogel' und stiegen in der Morgendämmerung in den alten Mercedes ein, der vor dem Hoteleingang wartete. Am Lenkrad saß Quisar Ali. Wir fuhren los. Weit und breit war keine Menschenseele auszumachen. Tanger lag noch im Morgenschlummer.

Schnell passierten wir den Stadtausgang und reisten auf der Hauptverkehrsroute über Rabat nach Marrakech mit Sicht auf den alles beherrschenden Atlantik.

Immer wieder kreuzten Bauer, Landarbeiter und Kleinhändler, die beidseitig am Straßenrand mit Transportmittel Nummer eins in Marokko unterwegs waren, dem Esel, unseren Weg. Meistens war das Grautier voll bepackt mit verschiedenen Kleingütern, die man an den jeweiligen Märkten verhökerte.

„Marokko ist in etlichen Teilen des Landes noch unberührt vom westlichen Einfluss, Nick." erläuterte Sulaman. „Das ist auch an den Frauen ersichtlich, die vielerorts noch ihren verhüllenden Sifsari tragen, mit Ausnahme der Berberinnen ... Und diese winzigen Gebäude, die du immer wieder entdecken kannst, weil sie weitherum in Marokko verstreut stehen, das sind Marabouts, Mausoleen für Gläubige."

Die lange Fahrt überwältigte mich in mehrfacher Weise ... denn alles war neu ... Meine Sinne sogen begierig die prägenden Eindrücke auf, während die Sonne mir ins Gesicht brannte ...

Der atlantischen Ozean ... die endlosen Weiten ... die verschiedenartigen Menschentypen ... die gewaltige Atlasgebirgskette in der Ferne mit viertausend Metern hohen Gipfeln, die teilweise vom Schnee bezuckert glitzerten.

„Nick." schmunzelte Sulaman, „in früheren Generationen dachten einige Gläubige, dort sei der Wohnsitz der Götter."

Diese kraftvollen Kontraste faszinierten mich anhaltend und hinterließen einen unauslöschlichen Abdruck in den Tiefen meiner Seele, je mehr wir uns Marrakech näherten.

„Siehst du diesen Turm dort in der Ferne? Das ist das Minarett der Koutoubia-Moschee, das Wahrzeichen von Marrakech." berichtete er.

In der Tat, der riesenhafte Turm stach markant hervor.

„Der Muezzin des Islam ruft vom Minarett den Gebetsruf ezan fünfmal am Tag über Lautsprecher aus." ergänzte er noch.

Kurze Zeit später durchfuhren wir das Stadttor Bab Doukkala mitten ins Herz von Marrakech und die Rue de Doukkala hinunter und weiter durch die Rue Fatima Zohra ... Am Ende der Rue, die in der Mohammed V Avenue endete, bogen wir ab und bei der Hochschule Mohammed V ließ uns Quisar aussteigen – inzwischen war es 13:45 h geworden. Wir verabschiedeten uns.

„Ich wünsche euch Allahs Segen!" beteuerte Ali, dann kehrte er um und verschwand allmählich aus unserem Blickfeld. Den Rest des Weges nahmen wir auf Schusters Rappen. „Nick, wir gehen zum Souk Djemaa el-Fna. Unweit davon in einer kleinen Nebengasse wohnt unsere Vertraute."

Durch die Tiq-el-Koutoubia Gasse schritten wir zum Djemaa el-Fna.

Casablanca: Sonntag, 17. Mai, ca. 10:00 h

Das Penthouse-Appartement an der Rue Hadj Amar 48 in Casablanca, war voll besetzt. Im Wohnraum saßen fünf Männer am runden Edelholztisch. Sie tranken Thé à la menthe und waren in ein tiefschürfendes Gespräch versunken.

Diese fünf verband eine gemeinsame, geschäftliche Linie: Das Gebiet Deutschland und Schweiz eines internationalen Heroinringes der afrikanischen Mafia. In ihren Einflussbereich gehörte die Zürich-Connection.

Sie hießen der Reihe nach: Fahdan Mussair, Inhaber des Appartements;

Noah, der Mann für Spezialfälle; Michael Knecht, Hotelbesitzer in Zürich-City; Richard Bohrman, Leiter der Bohrman-Industries-Switzerland mit Haupthorst in Zürich und Filialen in zwei Ländern, darunter eine Niederlassung in Marokko in der Nähe von El-Jadîda.

Der fünfte war ein marokkanischer Politiker, ein Mitglied des Parlamentes, eine Person mit Ansehen bei den Marokkanern. Seinen wirklichen Namen wussten nur Fahdan und Richard. Die anderen kannten ihn unter seinem Decknamen Sartor.

„Der Handel in Zürich floriert erneut, seit der Schließung des Platzspitzes. Unsere Dealer leisten gute Arbeit." warf Michael in die traute Runde.

„Jaa! Aber die leidige Sache mit Rita und dieser Erika, sowie dem verfluchten Schnüffler - Inschallah ...! Ich sage euch, dieser Schweizerhund ist bedrohlicher als wir es vermuteten. Er ist giftiger als eine Viper in ihrem verdammten Loch! Ali und Razi hat er ohne jegliches Aufsehen ins Nirwana begleitet ...! Wollen wir das Business nicht unterbrechen für eine Weile, sodass Gras darüber hinwegzieht?!" ereiferte sich Fahdan.

„No way! Ich brauche dringend mehr Cash für meine Transaktionen. Das Business wird mir dies erschaffen." lenkte Sartor ein.

„Wir müssen ein neues Produkt auf den Markt bringen. Dazu brauche ich mehr Moneten - die verdammte Konkurrenz schläft nicht!" unterstützte Richard Sartors Argumentation.

„Die Drogenfahnder sind uns noch nicht nahe genug auf die Pelle gerückt." teilte Michael mit.

Sartor ergriff die Initiative: „Wir stimmen ab! Wer ist für stoppen?" Zwei Hände erhoben sich, Fahdan und Noah. „Wer ist für weiterziehen?" Drei Hände zeigten nach oben, die von Richard, Michael und Sartor selbst.

„Drei zu zwei ...! Weiterführen ...! Und Fahdan, dir geben wir den Spezialjob: Jage mit deinem Besten den Schnüffler. Er wird uns auch zu den Gegenspielern führen. Dann lass sie ins Reich der Schatten hinabsteigen. Ich denke, damit haben wir die gefährlichsten Brocken aus dem Weg. Ich vertage hiermit unser Meeting."

Die Zusammenkunft wurde abgebrochen. Jeder verfolgte wieder sein gewohntes Business und tauchte ab in der Metropole Casablanca.

***

Als sich alle aus Fahdans Blickfeld verflüchtigt hatten, gab er den Topjob seiner Meinung nach dem Besten und drückte ihm eine Kopie des Fotos vom Bellevue in die Hand.

„Noah, I give you this mission: Kill the man and his partner!"

„How much will you pay me for this mission?"

"30.000 US-Dollars, if you do it quickly!"

"They will be dead for sure!"

„Even better then! Noah, goodbye!"

„Goodbye, Fahdan!"

Dann machte Noah einen Abgang und heftete sich an den Number-one-Job.

***

Nun alleine schlürfte Fahdan seinen Thé à la menthe und schmiedete wieder einen eigenen Plan. – Sein Instinkt warnte ihn, dass die Tage der Zürich-Connection gezählt waren. Für ihn höchste Zeit unterzutauchen.

Für solche Fälle hatte er längst vorgesorgt. Die 30.000 US-Dollar würde Noah nie in den Fingern halten. Die benutzte er jetzt als Zusatzkapital für die Abänderung des Ringes. Dazu den neuen gefälschten Pass und ein Flugticket nach Ghardala in Algerien. Dies waren seine Trümpfe. Dort, bei einer alten Freundin, würde er Unterschlupf finden. Niemand wusste von ihr; Fahdan hatte es immer verborgen. Dies war stets eine seiner Rückversicherungen gewesen.

Tanger: Sonntag, 17. Mai, 15:15 h

Der Hüne Noah machte sich mit dem Eifer eines Bluthundes, der
Beute gewittert hat, ans Werk.

Als erstes fuhr er mit seiner Limousine nach Tanger. Nach vier
Stunden erreichte er die Hafenstadt.

Dort quetschte er sämtliches lichtscheues Gesindel und temporä-
re Spitzel mittels des Fotos aus und wurde belohnt. Ein Kleinhändler, der sich ständig am Hafen aufhielt, wollte ein paar Dollar zusätzlich ergattern und erzählte ihm, dass gestern Samstag
um die Mittagszeit ein europäischer Mann, auf den das Foto
zutraf, das ankommende Schiff in Begleitung eines älteren Ma-
rokkaners verliess und sie in die Richtung der maurischen Toren
der Medina liefen, unweit des Grand Socco. Noah drückte ihm
zwei Dollar in die Hand.

„Hey, Mister! This is not fair!" protestierte der Händler.

„It already is too much for you." murrte Noah, stieß ihn von sich
weg und verschwand Richtung Grand Socco.

„God damned pagan, go back to hell, Inschallah!" schrie der
Händler ihm nach.

Doch Noah vernahm ihn schon nicht mehr. Das Gejammer er-
trank im Hafenlärm – Des Händlers Glück ... den nächsten Son-
nenaufgang hätt er nicht mehr mitbekommen. Innert kürzester
Zeit hatte Noah fast alle Hotels und Kleinstherbergen in der Nähe des Grand Socco abgeklappert. Einem Gewürzhändler, der
neben dem "Kleinen Vogel" seinen Verkaufsstand aufgestellt
hatte, fiel die Unruhe des Amerikaners auf, der in Jeanskleidern
und Turnschuhen umherstapfte.

„Are you looking for somebody?" fragte er ihn, in der Annahme,
mit ihm ins Business zu kommen. Noah spitzte seine Ohren, das
ließ er sich nicht zweimal fragen. Er trat auf den Stand zu: „Yes,
yes." antwortete er schnell. „A European!"

Der Gewürzverkäufer streckte ihm seine rechte Hand entgegen, für das Trinkgeld. Noah drückte ihm fünf Dollar in die Hand.

„A European! He went to the 'Little Bird' yesterday." Er deutet auf das kleine Hotel.

Mit „Thanks." verabschiedete sich Noah und trat ins Hotel. Sofort presste er den Mann hinter der kleinen Rezeption durch das Foto raffiniert aus.

„Of course stayed this man here over night. His name is Mister Brandenberg." beteuerte der Angestellte. „He left early this morning."

„Where did he go?"

„He left together with my boss in his car, but I don`t know where to."

„When is your boss coming back?"

„I don`t know, sir ... Do you want to stay here over night, sir?"

„No, not today, but I will wait for your boss."

„Yes, you can wait in the tea room next to the hotel. I will come and tell you, when the boss returns." er streckte ihm die Hand entgegen fürs Entgelt.

Noah reichte dem Angestellten einen Zwanziggdollarschein.

Der Rezeptionist verneigte sich rituell mit den Worten: „Thanks, I will do my best, sir."

„It`s okay." lobte Noah und begab sich in die nahegelegene Teestube um die Ecke. Mittlerweile neigte sich der Tag dem Abend zu. Noah kontrollierte seine Uhrzeit, es war 19:15 h. Bald würde der Hotelboss zurück sein.

Zufrieden schlürfte er den bestellten Süsstee.

Marrakech: Sonntag, 17. Mai, ca. 14.00 h

Je näher wir zum Platz Djemaa el-Fna gelangten, umso intensiver drang uns die Geräuschkulisse in die Ohren ...
Und dann ... dann sah ich ihn! Den größten und lebendigsten Souk, den ich je erblickt hatte!
Ich glaubte mich in ein Märchen von 1001 Nacht zurückversetzt!
Ein unzählbares Völkergemisch sprach ... gestikulierte, kaufte und verkaufte ... rennende Kinder ... besonnene Alte in Gesprächen vertieft ... Händler, die lauthals ihre Ware anpriesen. ... lebhafte und ruhige Familien und Verkaufsstände aller Art ... für Lederwaren, Amulette, Schmuck und Kleidung und Güter für den alltäglichen Gebrauch .... Essstände für Fladenbrote ... harte Eier, Würste, am Spieß geröstetes Fleisch ...für Fisch und Gemüse ... und Menschen aller Völker und Schichten: Marokkaner, Araber, Schwarzafrikaner, Algerier, Begüterte und weniger Begüterte ... Klein- und Großhändler, verschiedengrosse Tanzgruppen mit Musikinstrumenten und Trommeln, die dumpf ihre Geschichte über den Platz hallen ließen ... Gnaoua, die auf Ginabris spielten. Alleinunterhalter ... Flötenspieler und Schlangenbeschwörer ... Strassenakrobaten, die unter dem Applaus der Menge gewagte Kunststückchen zum Besten gaben. Wasserverkäufer ... Gaukler, Märchenerzähler, die Kinder um sich scharrten ... Gurus und Fakire, Kartenleger, die prophezeiten ... Bettler, die jeden Almosen mit Dank entgegennahmen. Sie alle schienen ein Fest ohne Ende zu feiern!
„Das hier, Nick, ist das unverfälschte Marokko!" freute sich Sulaman.
Ja, so war es! Das bodenlose Staunen ließ mich nicht mehr los. Hier war die ganze Buntheit marokkanischen Lebens gegenwärtig - Wahrhaftig ein Treffpunkt der Lebenden und der Toten! Vom Zauber dieses Ortes strömte Magie aus und wirkte gewaltig auf mich. Die dunklen Trommelwirbel und die hellen Blasin-

strumente hallten rhythmisch melodiös über die Stätte hinweg. Für einen Moment war ich nur noch sprachloser Zuschauer ... Nicht allzu lange; denn Sulaman drängte vorwärts zur Vertrauensperson.

„Sie erwartet uns, es eilt." Wir durchquerten den großflächigen Platz, was Zeit beanspruchte. Danach bogen wir in die Derb Dabbachi ab. Je weiter wir in die verwinkelte Altstadt eintauchten, desto dumpfer wurde die Melodie des Djemaa el-Fna. Bald befanden wir uns in einem Wirrwarr von Gassen und Gässchen, die sich nach allen Richtungen zu verzweigen schienen. „Die Medina," bemerkte er. Irgendwann bei einer Gasse hielten wir vor einem alten Haus an. Sulaman hieß mich einzutreten. Wir stiegen den spärlich beleuchteten und feuchten Korridor die Treppen hoch. Auf dem ersten Stockwerk wurden wir von einer jungen Dame, einer orientalischen Schönheit, empfangen.

Ihr langes schwarzes Haar hatte sie streng nach hinten gebunden. Das in gleichmäßige Züge aufgegliederte, klassische Gesicht erhielt durch ihre schwarzen, mandelförmigen Augen, die schalkhaft blitzten, eine exotische Berührung, die durch ihre sensible, ja fast zerbrechliche, körperliche Erscheinung untermalt wurde.

Sulaman küsste sie behutsam auf beide Wangen als Begrüßung und sie erwiderte die Begrüßung auf die gleiche Weise. Er blickte zu mir und sagte: „So heißen sich alle engen Freunde willkommen hier."

Mit einem warmen „Marhaba." begrüßte sie mich charmant.

„Bonjour, Mademoiselle." erwiderte ich und wir gaben uns die Hand. Dann führte sie uns durch die linksgelegene Tür in ihre kleine Wohnung, die nur aus zwei Räumen bestand – der kleinen Küche und dem Wohn-Schlafzimmer. Dort setzten wir uns am Boden auf die Sitzkissen, die in Halbkreisform um das Teegeschirr platziert waren.

Sie schenkte uns zubereiteten Thé à la menthe ein. Der Duft verbreitete sich schnell im kleinen Raum und es roch angenehm nach frischen Pfefferminzkräutern.

„Nick, wir können uns in Deutsch unterhalten, sie versteht es ... Nun Fatima, was gibt's Neues?"

„Sulaman! Unser Verdacht hat sich erhärtet!

Die Bohrman-Industries-Filiale in der Nähe von El Jadida verfügt über ein Geheimlabor in den Kellern! Dort verarbeiten sie Mohn zu Heroin. Den Mohn pflanzen ausgesuchte Berberbauern in schwer zugänglichen Feldern in versteckten Tälern im Atlasgebirge an.

Als Kleinhändler mit ihren Eseln bringen sie ihn außerhalb der Arbeitszeiten in die Filiale. Das so gewonnene Heroin wird in bestimmte Kleinindustriemaschinen eingebracht, die keinen hohen Eigenwert aufweisen, aber alle Doppelböden und Doppelwände besitzen.

Der Stoff wird, während sie in der Schlussabfertigung stehen, in der Nacht von einem technischen Spezialisten eingebracht. Die so präparierten Industrieerzeugnisse werden in einer verborgenen Bucht in der Nähe von El Jadida in Fischkutter verladen und nach Algeciras Puerto verschifft. Dort, an einem ständig wechselnden, nächtlichen Treffpunkt, werden die Kutter ausgeladen und die Fracht auf Kleintransporter verteilt. Diese fahren dann zum Zoll und werden ohne Schwierigkeiten durchgelassen. Der leitende Zollbeamte ist von Sartor bestochen. Alibihalber kontrolliert er die Ladung, versiegelt und verplombt sie. Der so verschleierte Gütertransport gelangt unbehelligt durch Spanien und Frankreich in die Schweiz. An keiner zusätzlichen Grenze wird versiegeltes und verplombtes Gut ohne besonderen Grund nochmals kontrolliert. In der Schweiz angelangt, fahren die Kleinlaster nach Dielsdorf in ein Lager der Bohrman-Industries, das über Mietlagerhallen verfügt. Dort wird das Gut deponiert und wiederum von dem technischen Spezialisten während der Nacht vom Heroin, den Doppelböden und den Doppelwänden befreit. Das Heroin nehmen dann die Zwischenhändler in Empfang und verteilen es an ihre Dealer, die, unter anderem auch getarnt als Asylanten, den Stoff unter die Leute bringen! Der Haupthändler für Zürich, der auch als Kopf der Zwischenhändler auftritt, ist der Hotelbesitzer Michael Knecht. Die so geleerten Maschinen werden dann in kleiner Stückzahl, an die verschiedenen Industriebetriebe in der Schweiz und Deutschland verkauft. Den Hauptgewinn jedoch zieht Richard aus der Zürich-Connection."

„Als ob er nicht schon genug Klotz hätte." ärgerte ich mich.

„Ja, ja, die Gier der Reichen verlangt ständig nach mehr. Und die Armen pilgern immer weiter in die Armut hinein." stellte Sulaman nüchtern fest.

„Eine traurige Wahrheit in einer Konsumwelt ohne Gottesfurcht." schloss ich.

„Und dennoch reden wir – Inschallah, so Gott will." wunderte sich Sulaman.

„Fatima, woher wisst ihr das alles?" fragte ich.

„Diese letzten Angaben erhielt mein Bruder, Pierre, von dem Mann, der den ganzen Transport überwachte, Sohel Abdul. Er hatte einen schwerwiegenden Grund, uns dies mitzuteilen."

„Und der ist?" fragte ich sie.

„Sein Vater, ein Mohnanbauer, weigerte sich nach einer Sinneswandlung, weiteren Anbau zu tätigen. Sartors Leute machten darauf kurzen Prozess! Sie prügelten ihn zu Tode ...
Die Leiche wurde im Atlasgebirge verscharrt!
Jetzt will er die Zürich-Connection auffliegen lassen. Aus diesem Grunde suchte er den Kontakt mit Pierre, der als einer der ersten vermutete, was in dieser Filiale wirklich geschah! Die anderen Mitarbeiter wussten nichts davon oder schwiegen aus Angst." vermutete sie.

„Ja, Fatimas Bruder Pierre organisierte deshalb die Arbeitsniederlegung wegen dem Unfalltod des Arbeiters." warf Sulaman dazwischen.

„Ahh! So etwas habe ich in einer Schweizerzeitung gelesen." erinnerte ich mich.

„Du hast richtig gelesen, Nick." ergriff Sulaman weiter das Wort. „Sartors Leute setzten ihn auf ihre Todesliste – er musste sich verbergen ... Der Unfalltod des Mitarbeiters war getarnter Mord, der wusste Bescheid und wollte reichlich mitkassieren – sie schickten ihn ins Jenseits!"

Er trank einige Schlucke des Thés. Ich schlürfte ihn auch, er mundete süß und trug einen starken Minzgeschmack, der über das normale Maß hinausragte und von den Naturminzblättern im Glas herrührte.

„Wer ist Sartor? Und in was für einer Verbindung steht Erika zu ihm?" fragte ich Sulaman.

Er stellte das Teeglas wieder auf die kleinen Strohmättchen am Boden und erläuterte:

„Erika erfuhr von der Sache durch ihre Tochter, Rita, die Pierre kannte. Nachdem diese die letzten vier Jahre ihres Lebens in Marokko verbracht hatte, ist sie heroinsüchtig in die Schweiz zurückgekehrt. Erika trat in Verbindung mit uns und wollte den Ring ebenfalls sprengen."

„Was heißt hier wollte?" fragte ich.

„Nick! Weißt du noch nicht, was mit ihr geschah?" Ihre faszinierende Augen blickten mich forschend an.

„Nein!"

„Pierre besorgte diese Zeitung." sie reichte mir eine deutsche Tageszeitung, „in den Sternenhotels kann man solche kaufen. Schau, im Bereich Auslandnachrichten."

Ich tat wie mir geheißen wurde.

Mein Staunen war groß. Unter der Rubrik ‚**Ausland in Kürze**' stand da geschrieben:

Schweiz: Mord in Zürich! Erika Ziegler-Bohrman, ein Mitglied des Industrieclans ist am Freitagmorgen, den 15.05., tot in ihrem Appartement aufgefunden worden. Bestehen Zusammenhänge mit dem Drogentod ihrer Tochter?!

Weiter las ich nicht. „Sartor kennt mich und unsere Pläne!" Nun erzählte ich ihnen auch von dem Vorfall während des Eisenbahntrips.

„Nick, dann bist du nicht so leicht zu beseitigen!" bewunderte er mich.

„Wer ist Sartor? Wisst ihr mehr darüber?", fragte ich nun.

Fatima trank ihren Thé zu Ende und füllte uns allen wieder die Gläser, dann wandte sie sich mir zu. „Über Sartor wissen wir wenig. Es ist ein Deckname! Niemand von uns hat ihn persönlich gesehen. Wir wissen nur, dass er ein Mitglied des marokkanischen Parlamentes ist. Er hat eine tragende Rolle im Ring! Seit kurzem haben wir in Erfahrung gebracht, dass seine Limousine das Kennzeichen von Casablanca trägt und eine gefälschte Autonummer aufweist. Vor wenigen Tagen fand des Nachts ein Geheimtreffen mit Richard bei den Abstellplätzen der Filiale statt. Sartor kommunizierte allerdings vom Rücksitz seines Wagens durch die halb heruntergelassene Scheibe. Unser Informant Sohel konnte ihn so nicht klar erkennen. Aber es bestätigt unsere Vermutung, dass Sartor und Richard eigene Geschäfte tätigen, von denen die anderen im Ring nichts ahnen. Das ist soweit alles ... Nein ... halt ... fast hätt ich's vergessen!" Überrascht starrten Sulaman und ich sie an. „Ja, was denn?"unterbrach Sulaman.

„Die letzten News! Sohel hat beim Treffen mitgekriegt, dass morgen, am 18. Mai, wieder ein Stelldichein stattfinden soll - im nördlichen Ende des parc de la ligue arabe in Casablanca um 21:00 h."

„Sehr gut." meinte Sulaman. „Das ist deine Chance, Nick. Spüre sie dort auf und mache Fotos vom rendez-vous."

„Ja!" bekräftigte Fatima. „Die Fotos, zusammen mit dem Material, das wir haben, und den Beweisen aus der Filiale reichen hin, die Zürich-Connection platzen zu lassen."

Sie erhob sich von den Bodenkissen, begab sich in die kleine Küche und holte mir einen Fotoapparat, denn man unauffällig in der Westentasche eines Jacketts verbergen konnte. Nun schmiedeten wir einen Schlachtplan.

„Nick, es ist jetzt 16:30 h, also später Nachmittag. Wenn du sofort losfährst, bist du in ungefähr drei Stunden in Casa. Dann bleibt dir noch genügend Zeit, den Park zu finden, um dich dort mit der Umgebung vertraut zu machen und einen Platz auszusuchen, der Überblick und Versteck zugleich bietet." schloss Sulaman mit seinen Überlegungen. Fatima trat erneut in die Küche, holte dort eine Sporttasche hervor, die gefüllt war mit zwei Flaschen Mineralwasser, geräuchertem Lammfleisch und Fladenbroten, als Stärkung für die Reise, und überreichte sie mir zusammen mit ihrem Autoschlüssel.

Dann begaben wir uns gemeinsam zu ihrem Wagen, der am Straßenrand bei der Derb Dabbachi abgestellt war.

„Eine Straßenkarte findest du im Handschuhfach. Die Ortshinweise an den Straßentafeln sind an den Hauptverkehrsrouten auf Arabisch und Französisch angegeben." sagte sie. Wir verabschiedeten uns mit Wangenküssen, dabei flüsterte sie mir ins Ohr: „Ich wünsche dir den Segen Allahs."

Sulaman verabschiedete sich auch herzlich und schob mir, unbemerkt von ihr, einen kleinen, sechsschüssigen Trommelrevolver in die Jackettasche und wisperte: „Du wirst den gebrauchen können."

Ich stieg ein und fuhr Richtung Casa davon. Im Rückspiegel sah ich, wie sie mir nachwinkten bis ich ihren Augen entschwunden war.

Zürich-City, Altstadt: Sonntag, 17. Mai

Jeremia und Barbara saßen in einer Pizzeria der Zürcher Altstadt. Beide verströmten beste Laune. Die Ausgangslage schaute sonderprächtig aus: Am Montagmorgen, dem 18. Mai, flog ihre Maschine nach Casablanca. Innert rund sechs Flugstunden würden sie dort sein.

Das Powerlifting-Turnier startete am 21. Mai und dauerte bis am 22. Mai. Zweieinhalb Tage vorher und zwei Tage nachher standen ihnen zur freien Verfügung bis sie dann am 25. Mai wieder zurückreisten. Diese Fakten versetzten sie in euphorische Hochstimmung und sie eröffneten diese Holidays mit einem ausgiebigen Abendessen in einer Pizzeria.

„Mann! Diese Pizza Margherita ist ja ein Riesenhammer!" lobte Jerry den Kellner, der sie brachte.

„Wird meine auch so groß?" fragte ihn Barbara.

„Bei uns gibt's immer nur grandi pizze, cara signora!" versicherte ihr der Kellner mit italienischem Stolz.

„Da bin ich aber gespannt." meinte sie.

Der Kellner verliess die beiden höflich und wandte sich den anderen Gästen zu. Während Barbara nun ihren Jerry beobachtete, wie er seine Pizza hineindrückte, musste sie sich vorerst mit ihrem gemischten Salatteller begnügen.

„Futtere nicht so schnell, Jerry! Sonst muss ich meine Pizza allein essen!"

„Es schmeckt so gut, Babs ... aber okay, ich werde jetzt warten bis auch deine Pizza kommt." Er würgte noch den letzten Bissen runter, den er im Mund kaute und lächelte ihr dann zu. Immer, wenn er dieses Lächeln aufsetzte, verzieh sie ihm fast alles.

„Bitte, signora, habe ich Ihnen zuviel versprochen?" der Kellner reichte ihr die bestellte pizza quattro stagioni. Diese schien noch umfangreicher als diejenige von Jerry zu sein.

„Heißen Dank!"

„Es macht mir Freude, solche Gäste zu beglücken!" lachte er und zeigte dabei seine schneeweißen Zähne. Mit einem eleganten „grazie e buon appetito!" verschwand er wieder.

„Jerry, freust du dich auf die free days?"

„Sehr, Babs! Wenn alles so ist wie diese Bescherung, steht uns nur Schönes bevor."

„Ich wünsche es mir so."

„Dann wünsch ich dir auch guten Appetit."

***

Etwa zur gleichen Zeit betrat Bruno Keller mit Esther dieselbe Pizzeria.

Ein Abendessen auswärts würde ihnen gut bekommen und konnte sie zudem ein bisschen ablenken, gleichzeitig wäre es ein guter Auftakt, die zusätzlichen freien Tage etwas zu versüßen. So hatte er es ihr vorgeschlagen und weil er sich auch einiges besser fühlte als Freitagnacht, war sie damit einverstanden gewesen. Solche Gelegenheiten waren rar gesät, deshalb hatten sie sich in ihre erste Garderobe geworfen. Damit gaben sie solchen Anlässen eine spezielle Note, zudem könnte ja die Gelegenheit entstehen, mit jemandem über ihre Glaubensüberzeugungen zu sprechen; dass ein ansprechendes Äußeres in solchen Fällen ihre Argumente oft unterstützte, erlebten sie häufig. – Kleider machen Leute, das gilt auch heute. Nachdem sie eingetreten waren, raunte Bruno ihr zu: „Esti! Schau mal, sitzt in jener Ecke nicht unser alter Freund Jeremia und die hübsche Begleiterin ... das muss seine Frau sein."

„Unglaublich! Du hast recht, er ist einfach noch mehr in die Breite gewachsen."

„Ja! Es ist schon wieder zwei Jahre her seit wir ihn im Zürich Hauptbahnhof zufällig bei einem Take Away getroffen haben." sagte er.

„Genau! Er erzählte uns von Barbara, die er frisch geheiratet hatte." erwiderte sie.

„Komm, Esti, setzen wir uns an den freien Tisch neben ihnen ... das wird eine Überraschung." Bruno hackte sanft beim Arm seiner Frau ein, so näherten sie sich dem Tisch von den beiden. Als sie beinahe schon in unmittelbarer Nähe standen, wandte Jeremia überraschend den Kopf zu ihnen und entdeckte sie.

„Das ist ja nicht zu fassen!" entfuhr es ihm, „Bruno und Esther! Nein, so ein Zufall!"

Barbara, die ihnen nun freudig ihr Gesicht zuwendete, strahlte.

„Kommt! Setzt euch an unseren Tisch; es hat noch genug Platz für euch beide." forderte Jerry sie auf. Er und Barbara rückten ihre Stühle zurecht und verschafften ihnen damit Raum, um die Plätze einzunehmen.

„Das ist Babs, meine Frau." stellte sie Jerry vor. Bruno drückte ihr herzlich die Hand „Ich bin Bruno, ein Uraltkamerad, und das ist Esti, meine Frau."

Die beiden Frauen umarmten sich herzhaft und setzten sich dann.

„Es freut mich ungemein, euch beide endlich kennenzulernen; Jerry hat mir schon viel über euch erzählt." bemerkte sie.

„Sag mal, Bruno." fragte er grinsend, „was soll die Binde um deinen Kopf? Du siehst ja aus wie die Konkurrenz von Frankenstein!"

„Könnte man schon meinen." konterte Bruno, „Aber der Grund ist ernster ... dieser Fall, der zuletzt durch die Tagespresse rauschte."

„Was für'n Fall?"

„Jaa, liest du denn keine Zeitungen?"

„Doch, doch, aber in den letzten Tagen gab's keine Muße dazu. Die Schlussvorbereitungen für das Powerlifting-Turnier in Casablanca nahmen uns völlig in Beschlag."

„Dann lies hier." Bruno klaubte eine liegengelassene Zeitung vom leeren Nebentisch und reichte ihm diese.

Die in fetten Lettern gedruckte Schlagzeile der Titelseite sprang ihm ins Gesicht: **Polizei ratlos! Mörder von Erika Ziegler-Bohrman spurlos verschwunden! Steht dieser Mord im Zusammenhang mit dem Drogentod ihrer einzigen Tochter?** Dann kleingedruckt: **Viele Fragen, der Pressesprecher der Zürcher Kripo gibt keinen Kommentar ab.**

„Hey! Das ist aber für jemanden, den wir gut kennen, ganz gefährlich, Bruno."

„Wer ist dieser jemand?"

„Nick, unser alter Kumpel aus Jugendtagen."

„In welcher Verbindung steht er denn dazu?"

Er wurde sehr leise als er ihm die Antwort gab: „Nick ist von Erika als Privatdetektiv angeheuert worden."

Bruno und Esther wurden kreideweiß im Gesicht. Die Stimmung näherte sich dem Nullpunkt.

„Wie kommt er denn dazu?" hüstelte Bruno. Weiter ging's nicht, ein Kloss im Hals stoppte den Vorgang. Betroffen schaute er in die schweigende Runde. Esther ergriff als erste wieder das Wort: „Wir müssen ihm helfen."

„Sie hat recht." flüsterte Bruno, „hochaktuell ... die Spur ist eine Passage to Maroc."

„Nun, was können wir tun?" fragte Barbara und beantwortete ihre Frage grad selber: „Wir fliegen morgen zum Turnier nach Casablanca. Nick kennt das Datum. Wenn er in Schwierigkeiten steckt, wird er bestimmt Kontakt zu uns aufnehmen."

„Ich denke auch." schloss Jerry.

„Wisst's was?" sagte Bruno: „Da ich die nächsten Tage beurlaubt bin, unterbreite ich euch meinen Plan: Hier, Jerry, hast du meine Adresse und Telefonnummer." er überreichte ihm seine Visitenkarte, „wir bleiben in Verbindung und du kannst mir Adresse und Telefonnummer deines Hotels und des Ortes geben, wo das Turnier stattfindet. So kann ich die Hilfe koordinieren."

„Gute Idee, Bruno!" Jeremia schrieb beide Adressen auf die Papierserviette, anderes Notizmaterial besaß er nicht.

„Immer noch der Alte, nie um einen Ausweg verlegen, was!"
„Das liebe ich besonders an ihm." konterte Barbara.
„Ich habe das immer an ihm bewundert." gab Bruno zu.
„Neet möööglich! Aber nie gezeigt!" lachte Jerry ironisch.
In der nun frisch aufkeimenden Hoffnung für alle, dass es möglicherweise doch noch eine gute Wende nahm, wurde der Abend ein Erfolg.

Casablanca: Sonntag, 17. Mai, 19:30 h

Wie es Sulaman vorausgesagt hatte, erreichte ich am Sonntagabend um 19:30 h Casablanca. Ich verspürte keinen Mumm mehr, noch an diesem Abend den Park zu suchen und fuhr direkt zum Platz Mohammed V ins Herz von Casa. Dort entschied ich, im Hotel in der Nähe des Platzes zu übernachten. Ich wollte endlich die verschwitzten Kleider wechseln, ein entspannendes Bad nehmen, in einem bequemen Bett schlafen und anschließend ausgiebig frühstücken. Ein Nachtessen wurde nicht benötigt, unterwegs hierher hatte mich der Reiseproviant von Fatima gesättigt.

Bei dem Gedanken an die beiden stiegen bei mir ängstliche Gefühle um sie hoch.

Warum waren sie nicht mitgekommen? Es behagte mir nicht, dass sie in Marrakech zurückgeblieben waren. Die tiefe Besorgnis, sobald ich an sie dachte, konnte ich nicht abstreifen. Mit einem Kraftakt verscheuchte ich die negativen Gedanken. Zuviel stand noch bevor.

Nach dem Parken schnappte ich den kleinen Reisekoffer, schritt aufs vornehme Haus zu und trat ein. Das exklusive Foyer protzte durch Geräumigkeit. In der Annahme, dass der Portier eines solchen Hauses fließend mehrere Sprachen in Wort und Schrift beherrschte, sprach ich den älteren Herrn auf Deutsch an.

„Guten Abend!"

„Marhaba - Guten Abend, der Herr. Was wünschen Sie?" fragte er zuvorkommend und strahlte dabei um die Wette. Also bliebs beim Deutsch.

„Ich hätte gerne ein Einzelzimmer für zwei Nächte." erwiderte ich ebenso strahlend.

„Sie haben aber Glück! Es ist schon fast alles ausgebucht, bis auf zwei Einzelzimmer. Eines im zweiten Obergeschoss und das andere im dritten. Welches wollen Sie denn?"

„Geben Sie mir das im dritten. Aber sagen Sie, warum ist alles ausgebucht? Es ist doch noch nicht Hochsaison!"

„Sie haben recht, aber ein kluges Land plant große Ereignisse schon in der Vorsaison, damit die Touristenkasse stimmt."

„Ist einleuchtend. Nun spannen Sie mich nicht auf die Folter. Von welchem Ereignis sprechen Sie denn?"

Er machte für einen Moment eine Atempause und schaute mich verwundert an. Dann sprudelte es aus ihm heraus, während ich mich abmühte, die Anmeldepapiere auszufüllen.

„Uns steht das Sportereignis bevor! Das Marokko-Turnier im Powerlifting! Organisiert von der International-Powerlifting-Federation zusammen mit dem marokkanischen Weight Lifting Federation - das Tagesgespräch in Casa. Kraftsportler aus allen Herren Länder sind diese Woche eingetroffen. Deshalb ist beinahe alles verbucht ... Aber das können Sie ja selber in der Tagespresse nachschauen." schloss er unser Gespräch und schob mir eine marokkanische Tageszeitung zu. „Ich schenk sie Ihnen."

„Vielen Dank."

„Zimmer 334, der Herr." Er reichte mir den Schlüssel und nahm die ausgefüllten Papiere entgegen. „Angenehmen Aufenthalt." wünschte er noch. Dann bediente er schon den nächsten Gast.

Ich schritt zum Lift, fuhr in den dritten Stock und belegte dort mein Zimmer.

„Natürlich." Ich hatte es fast vergessen. Jeremia hatte mir davon erzählt. Ich setzte mich auf die Bettkante und schaute den Sportteil der Zeitung durch. Lesen konnte ich den Artikel nicht; es war aber eine Foto von der Sportart abgebildet, die Kniebeugen. Und es gab eine Namensliste von prominenten Teilnehmern und der internationalen Hotelliste, wo diese Sportler während des Turniers wohnten und wann sie dort eintrafen.

Ich suchte und fand: **Jeremia Ponte** unter dem Hotel **El Cid, Montag, 18. Mai, 13:30 h** war auszumachen.

Die Freude war überschäumend, ob der Möglichkeit, ihn so bald wiederzusehen. Jegliche Müdigkeit war vorerst mal weggeblasen. – Fröhlich genehmigte ich mir endlich das ausgiebige Bad und legte mich nachher entspannt in die Federn.

Tanger: Sonntag, 17. Mai, 21:30 h

Gegen 21:30 h erreichte Quisar mit seinem Fahrzeug die Tore von Tanger. Hundemüde von der langen Fahrt freute er sich auf seine Schlummerliege und die bessere Ehehälfte. Die Nacht brach über Tanger herein, als er den fast leeren Grand Socco überquerte. An vereinzelten Ständen brannten noch die kleinen, gelben Lämpchen und erzeugten durch die wenigen, schemenhaft umhereilenden Gestalten eine spukhafte Atmosphäre. – Diese Eindrücke waren ihm vertraut. Merkwürdigerweise machte sich bei ihm jedoch eine leise, innere Unruhe bemerkbar; dieses Gefühl überraschte ihn, weil er keine plausible Erklärung dafür fand.

Er stellte den Mercedes an den Rand des Platzes und trottete zu Fuß ins Hotel.

Bei der Teestube nebenan brannte noch Licht. Einige Gäste genossen den Nachteinbruch bei einem traditionellen Thé à la menthe.

Ali durchschritt den kurzen Vorraum des Hotels und betrat das winzige Büro hinter der Rezeption. Abgekämpft setzte er sich auf den alten, dunkelgebeizten Holzstuhl beim Schreibtisch. Im Schrank daneben war sein kleines Büro organisiert: Akten, Devisenkurse, Bahn- und Busfahrpläne, die persönliche Buchhaltung und Korrespondenz des Hotels, Ortskarten und das Gästebuch. Eine antike, mechanische Schreibmaschine auf dem Tisch mit dem dazugehörigen Schreibmaschinenpapier stellten das ganze Mobiliar in dem Raum dar. – Das schwarzlackierte Eisending war ein echtes Paradestück – reich verziert mit Goldimitationen und uralt. Sein seliger Vater, erstand sie vor etlichen Jahren auf dem Markt. Alle diese Jahre hatte diese treu ihren Dienst erfüllt. Da der Vater nun seit einigen Jahren im Jenseits verblieb, schmerzte es Ali, wenn er an ihn dachte. Deshalb verschwendete er keinen weiteren Gedanken mehr daran. - Quisar lebte mit

Frau und dem betagten Mütterchen im Hotel. Da die Ehe kinderlos blieb, verfügte er über keinen Erben und wusste eigentlich nicht so recht, wie's weitergehen sollte mit dem Hotel, wenn er in die Jahre kommen würde. Quisar verspürte heute Nacht keine Lust mehr, die Buchhaltung zu vervollständigen. Er war gerade damit beschäftigt, den Schrank abzuschließen, da wurde unverhofft die Türe zu seinem Büro aufgestoßen.

Ein Riese von einem Mann trat ein. Noch ehe Ali der Überraschung Herr wurde, packte der Hüne ihn mit seinen gewaltigen Pranken am Kragen, zog ihn hoch und züngelte wie eine Klapperschlange vor dem Biss: „Where did Brandenberg go?!"

„I don `t know, what you are talking about?" versuchte Quisar, den Ahnungslosen zu mimen. Noah klatschte ihm eine Ohrfeige ins Gesicht. Von der Wucht des Schlages flog Alis Kopf neunzig Grad nach links.

„This is no joke!" presste Noah zwischen seinen Lippen hervor.

Jetzt dämmerte es ihm. Quisar versank in Angst, Angst um sein Leben, Angst um seine Frau und Angst um sein kleines Hotel.

„Let me sit down. I will tell you everything!"

Noah ließ ihn unsanft auf den Stuhl zurückfallen. „I'm listening, tell me!"

„Mister Brandenberg went to Marrakech and is there!" jammerte Ali.

„Is he alone? Tell me!»

"No, he is with Sulaman, they are together there."

„Do you have a picture of Sulaman?"

«Yes!»

«Give it to me!»

Quisar zog ein Familienfoto aus der Schreibtischschublade. Sein Zeigefinger deutete auf einen Mann in den Vierzigern, der dort neben ihm zu sehen war. „This is Sulaman."

Noah entriss ihm das Foto und steckte es in die Brusttasche seines Jeanshemdes. Mit einem gewaltigen Fausthieb schlug er Ali bewusstlos. Dann zog er die Türe leise hinter sich zu und verschwand von den Nachtschwärmern der Teestube nebenan unbemerkt aus dem Hotel.

Kurze Zeit später brauste er mit seinem Nobelwagon Richtung Marrakech davon.

Zürich: Montag, 18. Mai, 7:45 h

Cortis nervöse Stimmung war sprichwörtlich, die Kurzinformationen von der Frau seines Assistenten raubten ihm die letzte Ruhe.

„Diese Adresse in Casablanca, bruchstückhaft, aber dennoch eine Tatsache. Also doch ein Fall von internationalen Verwicklungen ..."

Als hätte er es geahnt. Solche Dinger übernahm er nicht so gerne, denn irgendwo und irgendwann kamen seine Kompetenzen an ihre Grenzen. Interpol mischte sich ein und nahm ihm die sorgsam gesponnenen Fäden und damit auch die Übersicht aus den Händen. Je verworrener der Fall sich entpuppte, umso eher wurde er undeutlicher in den Mühlen der Zeit ... und die Täter entwischten umso leichter unbehelligt ... Nein, das liebte er wirklich nicht. Es spazierten schon genug Weißwesten umher."

Ugo beschloss das Haus von Michael Knecht durchzuröntgen.

„Zweifelsohne waren die markantesten Spuren nach dem Geschehnis mit Keller verwischt ... Aber eine alte Binsenweisheit besagt: Wer sucht, der findet ... und manchmal wurde man an solchen Orten überraschenderweise fündig, und diese winzige Chance galt es zu nutzen. Man musste die Suppe zubereiten, solange sie kochte!"

Er telefonierte umgehend mit dem Spurensicherungsdienst.

„Baumann." krächzte die Stimme am anderen Ende.

„Ja, hier Corti ... Morgen, plagt sie eine Erkältung?"

„Am Sonntag waren meine bessere Hälfte und ich zuviel an der Zugluft, aber es geht." krächzte er weiter, „was gibt's so früh denn schon?"

„Baumann, es gibt Arbeit fürs Team. Reservieren Sie den restlichen Tag. Wir kehren das Haus von Knecht von oben nach unten durch. Ich hoffe, mindestens noch einen vernünftigen Hinweis zu finden."

„In einer halben Stunde sind wir ready, es liegt nichts Dringenderes vor."

„Na also, bis dann." Corti legte den Hörer in die Gabel zurück und vervollständigte sein Notizbüchlein mit den Zusatzinformationen von Keller.

„Jetzt geht's los, mit Volldampf."

Marrakech: Montag, 18. Mai, 06:45 h

Noah raste die ganze Nacht durch und erreichte Montagfrüh, um 6:45 h Ortszeit, Marrakech. Er lenkte die Karre zur Mohammed V Avenue durchs Tor der alten Stadtmauer. Dann stellte er sie am Straßenrand in der Nähe der Piscine-Koutoubia ab. Von dort aus schlenderte er direkt zum Djemaa el-Fna, dem zentralen Souk, der mit dem reichhaltigen Angebot von allen Dingen, die man zum täglichen Leben benötigte, die Lebensader von Marrakech darstellte. Hier, dachte Noah, würde er Sulaman am ehesten aufspüren. Zufrieden erreichte er den Platz. Die ersten Händler beschäftigten sich bereits damit, ihre Verkaufsstände aufzustellen.

Trotz der eiligen Nachtfahrt fühlte Noah sich frisch. Bei einem Händler kaufte er zwei Fladenbrote, fünf Eier und einen Liter Wasser. Damit eingedeckt, setzte er sich am Rand des Platzes auf den Boden und verzehrte dort sein Frühstück.

Der durchtrainierte Körper, durch jahrelanges Krafttraining gestählt, das er bei fehlenden Gelegenheiten durch Liegestütze oder das Heben und Wegstoßen schwerer Steinbrocken ausglich, steckte die schlaflose Nacht mühelos weg.

– Schon als kleiner Junge lernte Noah, der in den Undergroundvierteln von New York aufwuchs, sich mit Fäusten durchzusetzen, wenn es etwas für ihn herauszuholen galt. Von seinem Ziehvater, einem Alkoholiker und Tagedieb, wurde ihm auch nichts anderes beigebracht! Die Mutter, an der er kindlich hing, arbeitete als Prostituierte, damit die Familie einigermaßen über die Runden kam. Irgendwann entdeckte Noah den wirklichen Beruf seiner Mutter – diese Wahrheit verarbeitete er nie mehr richtig. Sein Verhältnis zum weiblichen Geschlecht wurde für immer zerstört. – Mit fünfzehn Jahren riss Noah von zuhause aus und ergaunerte sich den Lebensunterhalt mit Diebstählen und Einbrüchen, während er bei stets wechselnden, älteren

Freundinnen wohnte. Diese Beziehungen hatten allesamt jedoch nur eine kurze Lebensdauer, wegen seiner Rohheit und Gewalttätigkeit!

– Unter anderem verprügelte er auch Menschen gegen Entgelt. Bis er realisierte, dass das Töten von Menschen gegen Bezahlung ein vortrefflicheres Business darstellte. In diesen Kreisen erarbeitete sich Noah einen Spitzenruf, durch perfekte Ausführung. Später in Chicago kam er auch in Berührung mit der afrikanischen Mafia.

Im Verlaufe der Arbeiten für diese erlangte er über verschiedene Beziehungen Verbindung mit Fahdan Mussair, der ihn persönlich engagierte und fürstlich honorierte. Mittels solcher Einnahmen steigerte er seinen Lebensstandard wesentlich und erntete für sich ausgesuchte Annehmlichkeiten des Lebens. In derartigen Umständen erkannte Noah keinen nennenswerten Grund, seinen Lebensstil zu ändern.

Nun gesellten sich immer mehr Kaufleute zum Djemaa el-Fna. Allmählich füllte sich dieser bis zur gewohnten Dichte. Noah setzte sich in den Schatten und harrte geduldig aus. Auch patrouillierte er in alternierenden Zeitabständen über verschiedene Richtungen des großen Platzes, damit er nicht die Übersicht verlor.

Endlich fuhr seine Zähigkeit die Ernte ein. Um 10:20 h entdeckte er Sulaman in Begleitung einer jungen Frau in westlicher Kleidung. Sein Jagdinstinkt wurde wach! Mit der Ausdauer eines Profikillers heftete er sich an ihre Fersen.

Arglos besorgten Sulaman und Fatima sich bei verschiedenen Ständen frische Zutaten für ein Gericht. Nachdem sie den Rundgang beendet hatten, machten die zwei sich auf den Heimweg, dicht gefolgt von ihrem Schatten. Sie durchquerten die verwinkelten Gassen der Medina und erreichten kurze Zeit später ihr Zuhause.

Eng an die Hausfronten gepresst, deren schützender Schatten geschickt ausnutzend, beobachtete Noah, in welches Haus sie eintraten. Kaum waren sie darin verschwunden, pirschte er in den Türschatten des entrée und merkte sich, durch welchen Eingang sie im oberen Stockwerk einkehrten: Links! Nun schlich er, dabei jedes laute Geräusch vermeidend, gleich einem Tiger unmittelbar vor dem tödlichen Angriff die Steinstufen hoch. An der Wohnungstüre angelangt lauschte Noah einige Sekunden bis er sich sicher fühlte, noch nicht entdeckt worden zu sein. Dann öffnete er geschickt leise die nichtverriegelte Tür einen Spalt weit. Jetzt erspähte er die junge Frau, die nichtsahnend mit dem Rücken ihm zugewandt dastand. Blitzschnell reagierte Noah, stieß die Türe auf und durch einen Riesensatz erreichte er das Girl, packte es von hinten mit einem Spezialgriff an den Armen und drückte mit einem Bein die Türe wieder zu.

Fatima stieß einen Schrei hervor, der Sulaman aus dem Küchenraum trieb! In maßloser Überraschung sah er Fatima in der Gewalt des Killers!

„Sulaman, the game is over!" Noah bekräftigte das Argument, indem er durch einen brutalen Ruck Fatimas rechte Schulter ausrenkte. Sie wimmerte erbärmlich.

„Shut up!" züngelte er und presste ihr mit der einen Hand den Mund zu.

„Where is Brandenberg, Sulaman?"

Sulaman stellte ernüchtert fest, dass er hier einer Todesmaschine gegenüberstand. Um das Leben von Fatima zu schonen, sodass ihr nicht noch mehr Schaden zugefügt werden würde, entschloss er sich, Nick preiszugeben. Er wusste, jede Lüge oder Halbwahrheit wäre zwecklos und gefährdete unnötigerweise Fatimas sowie sein Leben – ob jetzt oder nachdem der Killer die Unwahrheit herausgefunden hatte. Seine Rache wäre tödlich!

„Brandenberg went to Casablanca with our car yesterday evening.»

«What does he want there?"

„He will wait today at 9 pm for Mister Bohrman and Mister Sartor by the north end of the parc de la ligue arabe."

„I believe you."

Noah spürte, dass Sulaman nicht schwindelte, dennoch rückten die 30.000 US-Dollar bei seiner Entledigung näher. Von diesem Faktum jedoch ahnte Sulaman nichts. Urplötzlich schleuderte Noah Fatima mit solch brachialer Gewalt von sich an die Wand, dass sie, beim Aufprall des Kopfes ohnmächtig geworden, der Wand entlang auf den Dielenboden rutschte. Geschickt Sulamans Überraschungsmoment ausnutzend prellte Noah ihn mit einem Bodycheck zu Boden, drehte ihn blitzschnell in die Bauchlage, ließ sich mit den Knien voraus auf ihn fallen, drückte das rechte Knie zwischen die Schulterblätter, packte ihn am Haarschopf, riss seinen Schädel mit einem starken Ruck nach hinten und brach ihm damit das Genick, was durch ein dumpfes Knacken bestätigt wurde. Dies alles geschah in wenigen Sekunden. Zufrieden erhob sich der Hüne vom Opfer. Nun wandte er sich Fatima zu, die noch immer unverändert und ohnmächtig bei der Wand lag. Noah trat einen Schritt auf sie zu und begutachtete sie, dabei überfiel ihn die Begierde. Nach dem Stillen der Hitze stand er auf und schob sie mit dem Fuß achtlos beiseite.

In stoischer Ruhe verliess er die winzige Wohnung, stieg die Treppen runter und verschwand aus dem alten Gebäude. Niemand bemerkte etwas von dem Geschehnis. Sie alle waren durch den alles beherrschenden Souk des Djemaa el-Fna abgelenkt.

Unbehelligt spazierte Noah durch die Gässchen, die im Halbdunkel der Häuserschatten schwiegen. Er überlegte: Es blieb noch genügend Zeit. Es war kurz vor Mittag. Ein erfahrener Fahrer wie er brauchte höchstens zweiundhalb bis drei Stunden nach Casa. Das Treffen fand erst um 21:00 h statt. Dennoch wollte er hier nicht unnötig verweilen. Das Mädchen würde irgendwann wieder ihr Bewusstsein erlangen, dann würde es Krawall machen! Aber bis dahin war er längst weg!

Casablanca: Montag, 18. Mai, 09:00 h

Kurz nach 09:00 h morgens wurde ich wach. Zeit fürs Frühstück, na denn, ich telefonierte mit der Rezeption.

„Guten Morgen."

„Guten Morgen." antwortete eine sympathische Frauenstimme.

„Könnten Sie mir ein Frühstück auf 334 bringen lassen?"

„Ja, es dauert aber ungefähr fünfundzwanzig Minuten."

„Geht in Ordnung. Dann hüpf ich noch schnell unter die Dusche."

Sie kicherte am anderen Ende. „Hoffentlich ertrinken Sie nicht dabei!"

„Auf keinen Fall. Ich bin ein alter Seebär!"

„Na, dann wünsche ich Ihnen viel Erfolg." sagte sie schnippisch und hängte auf.

Kaum hatte ich die Dusche hinter mir, klopfte der Serviceboy an die Zimmertüre.

„The breakfast, sir."

„Ok, I`m coming." Ich spannte mir das Badetuch um die Hüften, öffnete die Türe und drückte ihm ein angemessenes Trinkgeld in die Hand. „Thank you." murmelte der Boy und verschwand. Dann zog ich den vollbeladenen Frühstücksrolley hinein und stellte das Wägelchen direkt neben den Rundglastisch, hockte mich aufs Leder daneben und genoss das ausgiebige Frühstück.

Inzwischen rückte der Uhrzeiger auf 10:30 h vor. Es wurde Zeit, mich anzuziehen und vorzubereiten. Meine Gedanken kreuzten unablässig durch die Grauzellen: „Ich will Jerry erreichen, mit ihm zusammen am spätabendlichen Treff sein ... zu zweit fühle ich mich sicherer."

Ich zog den Trommelrevolver - es war ein Smith&Wesson 38 SPL mit kurzem Lauf - aus dem hängenden Jackett am Garderobier und prüfte dessen Funktionsfähigkeit. Sie erwies sich als einwandfrei. Ich klemmte das Ding in den Hosenbund und darüber ließ ich das weitgeschnittene kurzärmelige Baumwollhemd mit dem Karomuster hängen. Die kurzen Hosen hatten einen modisch weiten Schnitt, deshalb fiel die Ausbuchtung nicht weiter auf. Den Fotoapparat trug ich in den Händen, so erweckte ich den Eindruck eines Touristen, der mal ein paar Fotos schießen will. Diese Tarnung erschien mir sinnvoll.

Dann folgte das Ausharren bis zum Zeitpunkt, da Jeremia mit Barbara eintreffen sollten.

13:30 h mittags, ich wagte es und rief die Rezeption an.

„Guten Tag."

„Guten Mittag." antwortete dieselbe angenehme Frauenstimme wie am Morgen.

„Könnten Sie mich mit dem Hotel El Cîd verbinden?"

„Gefällt es Ihnen bei uns nicht?!"

„Doch, doch, immer wenn ich Ihre Stimme höre!"

„So so! Von wo kommt das denn?!"

„Vom Seebärentum."

„Na dann verbinde ich mal, Herr Seebär."

Es knackte einige Male, dann vernahm ich eine dunkle Baritonstimme. „Yes, hotel El Cîd, reception, how can we help you?"

„Hier ist Nick Brandenberg; könnten Sie mich mit dem Zimmer von Jeremia Ponte verbinden? Ich bin ein Freund von ihm."

Er wechselte auf Deutsch: „Selbstverständlich, Herr Brandenberg. Einen Moment bitte."

Es knackte wieder, dann erklang Jeremias unverkennbare Stimme:

„Ponte."

„Brandenberg."

„Hey Nick!" rief er überrascht aus: „Alter Junge! Wie kommst du so schnell an meine Nummer?"

„War nicht schwer. Du bist in Casa bekannt wie ein bunter Hund!"

„Jaa! Popularität hat ihren Preis." witzelte er in gewohnter Manier, „dein Timing ist nicht zu schlagen – vor genau zehn Minuten haben Babs und ich hier dieses Zimmer in Beschlag genommen."

„Wie geht's Barbara?"

„Ohh! Sie ist in allerbester Laune. Aber sag mal, du rufst doch nicht nur an, um Komplimente zu verschenken?"

„Nein... aber dich wundert's auch nicht, dass ich in Marokko bin."

„Die Spur führt nach Marokko." witzelte Jerry weiter, „also, Spaß beiseite Nick, was ist der andere Grund?"

„Ich bin in der Klemme!"

Nach der kurzen Schilderung der Lage fragte er: „Wann sollst du dort sein?"

„Um 21:00 h."

„Ich bin dabei."

„Das ist eine Riesenverstärkung! Du... um euch nicht den ganzen Nachmittag zu versauen, kreuze ich erst um 20:00 h im Hotel auf."

„Du versaust uns gar nichts, alter Kumpel."

„Danke Jerry, aber es sind noch einige Vorkehrungen zu treffen."

„Also, dann bis um 20:00 h."

„Gut Holz, Nick!" rief Barbara noch ins Phone.

„Ich klopf es schon mal, bis bald." Dann hängten wir auf.

***

Es blieben noch rund sechs Stunden. Zeit genug, den parc de la ligue arabe auszufinden und die Umgebung zu erkunden. Ich überlegte mir folgendes: „Erstens: Der Einsatz ist nicht ungefährlich. Zweitens: Man kann dabei schwer verletzt werden oder noch schlimmer, das Leben einbüßen. Drittens: Dasselbe gilt für Jerry. Viertens: Wer würde der örtlichen Polizei auf die Sprünge helfen?"

Nach diesen Überlegungen erschien es nützlich, alle prägnanten Informationen in einem Kurzbrief zusammenzufassen. Für so etwas und anderes trug ich immer Papier mit. Diese Gewohnheit machte sich oft bezahlt. Also packte ich alles hinein, schob ihn in ein neutrales Couvert und adressierte das an die örtliche Polizei. Nun brauchte es noch eine gute Vertrauensperson; dieser könnte dann der Brief bis zu einem bestimmten Zeitpunkt zur Aufbewahrung übergeben werden ... Lange Überlegungen waren nicht vonnöten. Eigentlich war's klar: Die bestmöglichste Variante ergab die freundliche Rezeptionistin mit dem angenehmen Timbre.

So vorbereitet verliess ich den Room und stieg die Treppen zum Empfang hinab. An der Rezeption angekommen, drückte ich den auf dem polierten Eichenholztableau eingelassenen, kupfrigen Klingelknopf und harrte der Dinge, die da kommen sollten. Nach einigen Sekunden trat sie aus dem Sekretariatszimmer hervor. Ihr Anblick überrumpelte mich. Sie trug weißblondes, kurzgeschnittenes Haar, hatte helle, stahlblaue Augen und einen umwerfenden Mund! Das schmale Gesicht war durch die marokkanische Sonne braungebrannt und die irrsinnig gutgeformte Figur haute jeden vom Sockel. Zudem kleidete sie sich topmodisch und schien ungefähr gleichgross wie ich zu sein. Ich gestand mir ein, so ein Modell kreuzte nicht alle Tage meinen Weg!

„Marhaba! Was wünschen Sie?" rieselte es angenehm über meinen Rücken. Nachdem aller Mut zusammengekratzt wurde, stellte ich mich holprig vor.

„Gestatten Sie: Niklaus Brandenberg, der Gast vom Room 334."

„Ahh, der Seebär!"

„Sie haben es erfasst! Und mit wem hab ich die Ehre?"

„Eliza Botta." dabei lachte sie so herzlich, dass mir warm ums Herz wurde.

„Um was geht's denn, Herr Seebär?"

„Hier möchte ich Ihnen einen Brief übergeben, Mademoiselle Botta. Den dürfen Sie aber erst morgen ab 9:00 h zustellen, wenn ich mich bis dahin nicht auf irgendeine Weise bei Ihnen zurückgemeldet habe... Ist das in Ordnung für Sie?"

„Na, dann wollen wir mal schauen ...," sie überblickte den Briefumschlag und staunte über die Adresse: „Ahh, Seebärengeheimnisse!"

Nach einem verlegenen Lächeln erklärte ich ihr: „Es liegt mir sehr am Herzen, dass es so ausgeführt wird … und zu Ihnen habe ich Vertrauen."

„Das kostet Sie aber ein rendez-vous, Monsieur!" gab sie mir zurück.

„Einverstanden!" willigte ich glücklich ein und verstand mich selber nicht.

„Ich wollte mich schon immer gern mal mit einem Seebären unterhalten."

„Das können Sie haben." versicherte ich ihr.

Wir verabschiedeten uns und mit einem Glücksgefühl, das mir so neu war, verliess ich das Hotel und schritt zum fahrbaren Untersatz hin. Dabei vergewisserte ich mich, ob alles mit war: Der Trommelrevolver, in der linken Hand die Kamera – bestens … Eingestiegen ergriff ich vom Handschuhfach die Straßenkarte von Casa zur Orientierung, startete den Motor und ab ging's.

***

Nach einer kurzen Zeitspanne wurde der parc de la ligue arabe erreicht. Es war mittlerweile, bei einer Sauhitze, die nur durch eine leichte, kühlende Atlantikbrise gemildert wurde, 15:00 h nachmittags geworden. Sartor gebührte Respekt! Der Ort erschien ideal, eine größere, ruhige Grünfläche, mitten in Casa gelegen, mit vielen Büschen, Sträuchern und Bäumen. In der Abenddämmerung ein guter Ort für anonyme Treffs. Ich parkte in der Nähe und schlenderte auf den Park zu.

***

Während Nick nun zum Nordende des Parks schritt, tuckerte, von ihm unbemerkt, eine verstaubte Nobelkarosse leise an den Ort heran. Hinter dem Lenkrad saß ein Mann, der den Parkeingang mit eiskalter Ruhe musterte. Dieser Mann war innerhalb der letzten drei Stunden hierher gerast. Ein muskelbepackter Hüne: Noah! Mit verkniffenem Mund lächelte er: „Brandenberg." Das Foto passte genau. Das Beseitigen wollte er sich für die Abenddämmerung aufheben. Langsam und vorsichtig rollte er weg und verschwand in der Metropole.

***

Nach einem dreiviertelstündigen Erkundungsgang fuhr ich zurück. – Um 16:15 h stand ich vorm Hotel und betrat den hauseigenen, stilvoll eingerichteten Speisesaal, um noch vor der langen Nacht meine Henkersmahlzeit einzunehmen. – Nach'm Essen legte ich mich in meiner Suite ein Weilchen aufs Ohr. Anschließend, um 19:30 h, war's Zeit, mich an Jeremias Aufenthaltsort zu begeben.

Zürich-Küsnacht: Montagabend, 18. Mai

Das ganze Haus war auf den Kopf gestellt worden und die Arbeiten des Spurensicherungsdienstes hatten bis in die Abendstunden angedauert. Corti triumphierte, man war fündig geworden. Auf dem Estrichboden des Einfamilienhauses entdeckten sie in einer alten Kommode, die dort deponiert worden war, in der zweitobersten Schublade ein feinsäuberliches geführtes Rechnungsbuch, mit Angaben von dreizehn Dealern und Zwischenhändlern, unter denen sich auch sogenannte Asylanten befanden. Alle waren mit Namen und Adressen sowie den jeweiligen ausgehändigten Geldbeträgen und den dazugehörigen Unterschriften vermerkt. Ein Grundstein der Organisation in Zürich.

„Jürg, mit diesem Buch knacken wir Michael Knecht." freute er sich. „Es würde mich verwundern, wenn er nicht mit in den Tod des Mädchens verwickelt wäre."

„Ugo, ich glaube, da liegst du richtig." stellte Jürg Baumann, Leiter des Spurensicherungsdienstes, trocken fest.

„Wir werden das Haus vierundzwanzig Stunden beschatten, bis er sich in unsere Schlinge verwickelt." polterte Corti. „Heute wird die erste Nacht sein."

Hastig rannte jemand die Treppe zum Estrich hoch, riss die Türe auf und platzte herein: Max Corrodie, ein Assistent Baumanns.

„Herr Baumann, wir haben abgeschlossen!" sprudelte es heraus. Aufgeregt erstattete er Bericht. Als Max mit seinem Latein das Ende erreichte, ordnete Ugo an: „Dann verschwinden wir und lassen die Beschattungsfalle wirken."

Einige Zeit später saß der Kommissar in seinem Büro und wollte sich die Akte Bohrmans nochmals gründlich vorknüpfen. Wie immer, wenn er hochkonzentriert schuftete, verfiel er in die Marotte der Selbstgespräche. So auch diesmal: „Vielleicht ist mir ein

Detail entgangen … na denn, wollen wir mal … das gibt eine lange Nacht." Er brütete über die Akte.

Casablanca: Montag, 18. Mai, 20:00 h

Am Empfang des Hotels El Cîd fragte ich den diensthabenden, ergrauten Marokkaner: „Können Sie mir Auskunft geben, in welchem Room Jeremia Ponte logiert?"

„Ahh, ein treuer Fan." schmunzelte er.

„Nein, ein Freund."

„Ohh." klang es erstaunt, „Room 227, zweites Stockwerk, der Herr."

„Besten Dank."

Einige Minuten später klopfte ich an Jerrys Zimmertüre. Er öffnete selbst und rief freudig aus: „Nick! Altes Haus, alles im Lot?"

Wir begrüßten uns mit einer herzlichen Umarmung. Dann gab mir Babs einen dicken Willkommenskuss auf die Backe.

„Komm, setz dich erst mal." sagte sie und bot mir einen Stuhl an. „Wir haben uns zusammen mit Bruno und Esther schwere Sorgen um dich gemacht." plapperte sie weiter.

„Höre ich recht? Ihr habt Bruno getroffen?"

„Ja! Wir wollten zufällig am gleichen Abend in derselben Pizzeria ein Nachtessen einnehmen." sagte Jerry.

„Zufälle gibt's! Wie geht's ihm? Ist er weiterhin gläubig?"

„Natürlich! Esther, seine Frau, auch." sagte Barbara.

„Für die zwei ist das eine ernste Angelegenheit, Nick." erläuterte er.

„Wo arbeitet Bruno denn jetzt, Jerry?"

„Er arbeitet bei der Kripo in Zürich und beschäftigt sich grad mit deinem Fall!"

„Jaa! Gibt's denn sowas?" entfuhr es mir.

„Die Ermittlungen sind schon fortgeschritten. Sie besitzen Angaben über eine Adresse hier in Casablanca." sagte er.

„Dann wird demnächst Interpol auf der Bühne aufkreuzen." stellte ich nüchtern fest.

„Allzu lange wird's wohl nicht mehr andauern." meinte Babs.

„Dann ist auch für uns höchste Zeit! Im Falle, dass etwas schief läuft, was ich nicht hoffe, habe ich zur Vorsorge, einen Brief bei der Rezeptionistin meines Hotels, die Dame heißt Eliza Botta, hinterlegt."

„Das ist weise." hielt Jerry fest und schmunzelte, „wir haben auch Bruno eine Mitteilung zukommen lassen. Du bist in den allerbesten Händen."

„Passt's gut auf euch auf!" sorgte sich Barbe.

„Das verspreche ich." versicherte ich ihr.

„Keine Sorge! Wird schon krumm gehen!" lachte Jerry. Sie küssten sich und dann mussten wir uns auf den Weg machen.

„Toi, toi, toi!" wünschte sie uns, dabei verbarg sie ihre Angst so gut, dass wir's nicht bemerkten.

***

Kurz vor 21:00 h erreichten wir den Park. Zwielicht umklammerte die Umgebung und nicht eine Menschenseele war auszumachen. Still platzierten wir unseren Wagen in ausreichendem Abstand. Im Park drin versteckten wir uns hinter grossen Büschen, die günstig lagen und den Überblick über das Nordende der Anlage gewährten. Jeremia lag einige Meter neben mir ... Dann harrten wir geduldig aus. Zähflüssig verstrichen die Minuten. Plötzlich war das sanfte Motorengeräusch einer Limousine vernehmbar, das langsam verstummte. Es folgte das Zuschlagen der Wagentür, scheinbar fühlte sich derjenige sicher. – Dann hörte man einige Schritte, es war kurz nach 21:00 h ... Der erste erschien auf der Bildfläche, unverkennbar: Richard Bohrman! Derselbe, bei dem ich ein großes Geschäft zum Platzen gebracht hatte, als wär's eine schillernde Seifenblase gewesen! Standgemäss im weißen Smoking kam er daher und schritt selbstsicher auf eine Sitzbank in der Nähe zu. An der linken Hand trug er einen kleinen, dunklen Aktenkoffer. Er setzte sich ruhig hin und wartete. – Einige Minuten später hörten wir den zweiten Wagen. Dasselbe Spiel wiederholte sich. Offensichtlich fühlten sich beide völlig unbehelligt ... Endlich tauchte der geheimnisvolle Sartor aus der zunehmenden Finsternis auf! In seinem dunklen Anzug war er nur schwerlich erkennbar. Einzig der weiße Turban leuchtete. Beim Näherkommen erkannte ich in ihm einen Politiker, der in den marokkanischen Television-News, die ich mir im Hotel angeschaut hatte, aufgetreten war, derselbe Vollbart, dasselbe dunkle Gesicht, dieselbe getönte Brille!

Vorsichtig, jedes Geräusch vermeidend, robbte ich in eine bessere Position, damit es wirklich gute Fotos ergab, die aber jedoch in einem Winkel lag, von dem aus sie den Sekundenblitz nicht bemerken konnten! Nun erhob sich Richard und sie begrüßten einander - das war der Moment, auf den wir gewartet hatten! Sie waren für einen Augenblick so mit sich selber beschäftigt, dass sie den Blitz unmöglich entdecken konnten. Ich betätigte den Auslöser! Die erste Aufnahme steckte im Kasten! Zur absoluten Sicherheit wollte ich noch eine zweite nachsetzen! Dies war aber nicht mehr möglich, denn urplötzlich brüllte eine raue Stimme: „Stop it, Bohrman and Sartor! Brandenberg is behind the bushes! He took pictures of you!"

Überrascht wandte ich mich der Stimme zu. Mit Staunen sah ich einen Riesen auf mich zusprinten! Der Koloss musste sich unbemerkt angepirscht haben! Dabei drehte ich mein Körper so unglücklich ab, dass für Richard und Sartor die linke Schulter sichtbar wurde. Aus dem Augenwinkel heraus erspähte ich, wie Bohrman blitzschnell etwas aus der Jackeninnentasche riss, dann gab's einen peitschenden Knall! Ein glühendheißer Schmerz raste in meine Schulter! Der Fotoapparat entfiel meinen Händen, mitten in den Strauch.

„Mein Gott! Er schießt auf mich!" durchzuckte es mich. Meine Überlegungen hetzten, während ich in die sichere Deckung zurückrollte: „Was war zu tun? Auf der einen Seite der Gigant! Auf der anderen Seite Richard, der ebenfalls auf mich lospreschte ...!

Mir blieb keine Wahl: Bohrman war bewaffnet, er musste zuerst erledigt werden!"

Deshalb zerrte ich den Trommelrevolver unter dem Karohemd aus dem Hosenbund und schoss durch den Busch hindurch auf ihn. Die Kugel traf Richard mitten im Bauch! Er krümmte sich vornüber, stürzte zu Boden und blieb dort liegen. – Jetzt galt meine Aufmerksamkeit dem Goliath!

Aber das war nicht mehr nötig! Denn Jeremia sprang ihn aus dem Versteck heraus an. Beide kamen zu Fall. Ein heftiger Kampf entbrannte, wahrhaft ein Gigantenfight!

Der Muskelberg war um Haupteslänge höher als Jerry, an Körperkraft jedoch hielten sie sich die Waage. Sie wälzten auf dem Erdboden umher, einmal war Jerry oben, ein andermal der Riese. Plötzlich wurde es gefährlich für Jerry. Der Hüne erlangte die Oberhand. Er hockte auf ihm und wollte ihn erwürgen. Jeremia versuchte mit aller Kraft, die Klauen des Gegners vom Hals wegzudrücken, so verharrten beide Sekundenbruchteile! Dann geschah die Wende!

Aus Jerrys Kehle ertönte ein Urschrei, er stieß sie weg und warf Noah auf die linke Seite ab! Dieser schlug schwer mit dem Rücken auf dem Boden auf. Dabei gab es ein kaum hörbares Knacken, nun lag er regungslos da. – Dann erhob sich Jerry und stand langsam auf.

Ich steckte den Revolver wieder in den Hosenbund und spurtete auf ihn zu: „Alles gut? Jerry?"

„Außer ein paar Kratzer, ja!" er grinste.

„Aber du? Du blutest ja!"

„Ist ein Streifschuss …! Was ist mit ihm?"

„Wollt grad mal nachsehen, Nick."

Ich beugte mich zu ihm nieder, packte ihn mit meinem gesunden Arm an der Schulter und drehte ihn leicht zur Seite, sodass wir seine Verletzung sehen konnten.

„Er ist tot, Jerry… Das spitze Steinstück, das hier aus dem Boden ragt, hat ihm das Genick gebrochen!"

Dann ließ ich Noah wieder zurückfallen.

„So ein Brocken, was, Nick! Ein spitzes Steinstück hat ihn geschafft. Wenn er sich anders entschieden hätte, was wäre wohl aus ihm geworden? ... Ein berühmter Sportler? ... So ein Berg!"

„Ich denke auch."

„Aber ... Sartor, ist entkommen."

„Macht nichts, Jerry, wir haben das Foto, er weiß, das Spiel ist aus."

„Was ist ... mit dem anderen?"

„Jaa! ... Richard?"

Wir schauten in seine Richtung, er lag immer noch unverändert da. „Wollen wir es prüfen?" Er nickte mir zu. Bei ihm angelangt sahen wir, dass er tot sein musste. Ich fühlte den Puls an seiner Halsschlagader: „ Nichts! ... Er ist tot! Das war zuviel für sein Herz; Richard war auch nicht mehr der Jüngste."

„Du sagst es!"

„Wir müssen die Polizei verständigen. Es gibt zwei Leichen hier."

„Genau! Hock ab! Ich hol noch die Fotokamera. Mit deiner Verletzung kannst du die schlecht zwischen den Büschen hervorkratzen." Nach wenigen Minuten meldete er: „Ich hab das gute Stück... unversehrt!" Er hob sie in die Höhe und eilte zu mir. „Du musst sofort ärztlich behandelt werden. Wir können hier nicht länger verbleiben. Ich fahre dich zu meinem Hotel, dort gibt's einen Arzt. Der wird dich wieder zusammenflicken, die Polizei können wir dort ins Bild setzen. Es ist Nacht, die Leichen verschwinden bis dahin nicht."

„Gemacht."

Er zerriss mein Hemd und machte einen Notverband. Dann stützte er mich bis wir beim Auto ankamen, öffnete die Hintertür und half mir auf den Rücksitz ...

Kurze Zeit später erreichten wir sein Hotel. – Der marokkanischer Nachtportier hatte wohl selten zwei solche Gestalten gesehen. Er schluckte zweimal trocken und tat schließlich das einzig Richtige: Anrufe zur Polizei und zum Arzt im Hotel.

Casablanca: Montag, 18. Mai, 23:00 h

Ich lag gemütlich auf der Couch des Doppelzimmers und der Arzt hatte soeben meinen Schulterverband beendet. Er packte seine Utensilien und verliess uns. Zwischenzeitlich begann sich Babs zusehends unter dem Einfluss ihres Liebsten vom Schock zu erholen und ihre Laune besserte sich.

Nachdem der herbeigeeilte Commissaire den Spurensicherungsdienst in den Park hinbeordert hatte, lauschte er geduldig mit zwei von seinen Streifenpolizisten meinen Schilderungen, wobei der eine sie eifrig in sein abgegriffenes Notizbuch aufzeichnete, das schon bessere Zeiten erlebt haben musste, während der andere von deutsch in die arabische Amtssprache übersetzte.

„Interessant!" quittierte er treffend. „Dann wollen wir die Filiale durchleuchten. Das werde ich heute Nacht persönlich organisieren. Und für Sie gute Genesung, Monsieur."

Ich reichte ihm noch die Fotokamera und verabschiedete mich mit: „Merci, Commissaire Perez und Gut Holz!»

"Das kann man immer gebrauchen," brummte er zufrieden.

Dann verabschiedete er sich noch von Jerry und Babs und beeilte sich, aus dem Hotelzimmer zu kommen. Bei Fuß das Duo von der Streife ...

„Die Zürich-Connection ist geplatzt! Gratuliere, Nick!" lobte Babs.

„Ja! Ebenfalls die zweite Hälfte meines Honorars."

„Wieviel wär's denn gewesen?"

„Nochmals 15.000 Franken! Angesichts der Lage kann ich das wohl vergessen."

„Hey! Nick! Freu dich, dass du überlebt hast." lachte Jeremia.

„Ihr habt ja so recht! Eine Bitte habe ich aber noch: Wenn ihr mich schon hier übernachten lasst, dann könnt ihr mich auch kurz vor neun Uhr am Morgen wecken. Es gibt noch ein wichtiges Telefongespräch unter Seebären und Seebärinnen einzuhalten."

„Ha, ha, ha! Nick ist in eine Romanze eingestiegen! Ich glaube, er hat sich schwer verliebt!" witzelte Jerry mit Barbe ganz ungehörig darüber. Dann verschwanden sie ins Badzimmer, um einige Minuten später umgezogen in Pyjamas zu erscheinen. „Es ist Zeit zum Lichter löschen, Nickilein: Amore braucht Schlaf." zogen sie mich auf.

„Ach hört's auf." brummte ich zurück. Dann war's Zeit fürs Lichter löschen.

Marokko, Bucht von El Jadida: Montag, 18. Mai, 23:00 h

Sartor geriet in Panik. Er wusste, man sollte nie in sie hineingeraten und doch konnte er sich kaum mehr beruhigen. Er raste mit dem Mercedes Richtung El Jadida. Seine grauen Zellen kombinierten hastig. Er musste das Kellerlabor vernichten. Kein Zweifel, die Zürich-Connection war aufgeflogen. Jetzt galt es, Beweise zu beseitigen und ein schlagender Beweis war das Labor in der Filiale.

Er raufte sich einen Plan zusammen: „Den zwanzig Liter Reservebenzinkanister im Kofferraum ... damit alles übergießen und anzünden ... das entstehende Feuer würde das Labor ausbrennen, keine Spuren würden bleiben ... ein bedauerlicher Unfall ... durch einen Defekt ausgelöst ... es würde schwierig sein, etwas anderes beweisen zu wollen ... und wenn schon: Als Sabotage könnte man es hinterher darstellen." Diese Gedanken schenkte ihm eine gewisse Sicherheit. „Und das Foto?" schoss es durch den Äther. „Verdammtes Foto! ... Ja! Es war ja fast dunkel. Eine genaue Aufnahme wurde das nicht. Hat er überhaupt ein Foto gemacht? Sicher ist es nicht. Also ruhig Blut ... das Labor zerstören und sich nachher eine Weile außer Landes begeben. Das konnte er sich einteilen ... Gras würde darüber wachsen. Ja! Sich für eine geraume Zeit absetzen, das würde er auf jeden Fall tun."

***

Nun erreichte er die Filiale. Die Dunkelheit hatte die ganze Umgebung in Sackleinen gehüllt. Für das Vorhaben konnte es nicht besser werden. Unweit des schemenhaft dastehenden Gebäudekomplexes parkte er, schnappte den Kanister aus dem Kofferraum und rannte zum Hintereingang des Kellerlabors; die Steintreppen runter und die Türe aufreißen waren eins. Als Sartor jedoch die Labortüre wieder hinter sich zuzog, flammte die Beleuchtung an.

„Marhaba, Sartor! Oder eher Raman Sidi Aram?!"

Raman blickte direkt in die Mündung einer alten Armeepistole.

„Es freut mich, Sie zu sehen!" Sohel Abdul, das abgesprungene Mitglied, ehemals zuständig für die Transportüberwachung, stand breitbeinig vor ihm. Mit Sohel hatte er nicht im Entferntesten gerechnet. „Setz dich!" befahl dieser barsch und wies auf den Laborstuhl in der nächstliegenden Ecke. Raman gehorchte, versuchte aber dennoch eine Wende herbeizuführen:

„Hören Sie zu! Ich gebe Ihnen 100.000 Dollar, wenn Sie für einen Deal bereit sind. Zünden wir gemeinsam das Labor an und gewähren Sie mir dann die Flucht."

„Wie aufmerksam, Raman Sidi Aram. Sohel Abdul macht aber keine solchen Geschäfte mehr."

„Was sollen denn alle diese gelegten Sprengschnüre, Mister Abdul? Haben wir nicht die gleiche Idee?" versuchte er erneut einzulenken.

„Eine gute Frage. Die ganze Fabrik habe ich mit Dynamitstangen bestückt. Kein Raum wurde ausgelassen und jetzt gebe ich dir die Antwort." Sohel näherte sich dem Zündapparat: „Gemeinsam bereisen wir jetzt das Nirwana – Inschallah!"

Er zündete. Eine urgewaltige Explosion erschütterte die Nacht. Die Fabrik sprengte sich buchstäblich selbst in die Luft. Das lichterloh brennende Feuer war weiterum sichtbar!

***

Um 01:00 h erreichte Commissaire Perez mit seiner équipe die Bucht. Sie stoppten in der Nähe der alleinstehenden, abgelegenen Brandruine. Dann entstiegen sie den Dienstwagen, der Widerschein des abklingenden Feuers spiegelte sich in ihren Gesichtern. „Das wär's dann wohl." meinte Perez zu seinem Assistenten, der neben ihm stand. „Die entscheidenden Beweise sind natürlich auch ein Raub der Flammen geworden. Niemand wird es mehr genau nachweisen können. Was meinst du Miguel?"

„Ich denke auch … Nein … halt, schau dort, in genügender Entfernung von der Ruine … siehst du es?" Perez schaute in die angegebene Richtung. „Ja!"

Dort stand eine schwarze Mercedeslimousine.

„Solche Streetcars können sich nur wenige leisten. Zum Beispiel Parlamentsabgeordnete!" bemerkte Miguel.

„Du sagst es!"

Die beiden eilten zur abgestellten Limousine, die Türen waren nicht verriegelt.

Im Handschuhfach fanden sie den Führerausweis des Parlamentsabgeordneten Raman Sidi Aram. Auf dem Rücksitz lagen zwei kleine, schwarze Lederkoffer, mit brisantem Inhalt. In einem waren zwölf fünfundzwanzig Gramm Plastiksäcklein reinstes Heroin.

Im anderen lagen schön gebündelt 100.000 US-Dollar, dazu eine Visitenkarte von Richard Bohrman mit seiner privaten Fax- und Phonenumber, darauf eine persönliche Notiz: Hi, Raman Sidi Aram. 18.Mai, 21:00 h; parc de la ligue arabe. Gruß, Richard. -

Epilog:

Commissaire Perez händigte einen umfassenden Bericht an Interpol aus. Der ‚gardien financier‘ des Zolls in Algeciras Puerto, vier Kleinlasterfahrer und ein Maschinenbautechniker wurden an der spanisch-marokkanischen Grenze verhaftet.

***

Michael Knecht verfing sich in der Beschattungsfalle. Ugo Corti ließ es sich nicht entgehen, ihn persönlich festzunehmen. Die Dealer, Zwischenhändler und falschen Asylanten wurden teils außer Landes geschafft. Alle sitzen ihre Strafen ab. Das Tarnlager in Zürich-Dielsdorf wurde geschlossen.

***

Harald Bohrman, der jüngere Bruder von Richard, übernahm die Nachfolge in der Konzernleitung der Bohrman-Industries-Switzerland. Von den geheimen Verbindungen seines Bruders besaß er keinen blassen Dunst.

***

Fatima erholte sich vom Schock, verhökerte ihr gesamtes Hab und Gut und zog nach Großbritannien; dort eröffnete sie in London eine Boutique. Pierre, ihr Bruder, folgte kurze Zeit später nach. Nach Marokko sind die zwei nie mehr zurück.

***

Und Fahdan Mussair blieb unauffindbar für Interpol. Er hatte sich rechtzeitig aus dem Staube gemacht.

***

Ach ja! Jerry gewann natürlich das Turnier in seiner Gewichtsklasse und wurde ein Favorit für die Powerlifting-Weltmeisterschaften.

***

Und zu mir; das romantische rendez-vous mit Eliza Botta fand natürlich statt, trotz meiner Verletzung. Sie wurde die Liebe meines Lebens! Und ja, fast hätt ich's noch vergessen: Harald Bohrman überwies, nachdem er von mir einen Bericht erhalten hatte, grosszügigerweise die restlichen 15.000 Franken auf mein Konto. Er schickte mir einen Fax: „Schulden mache ich nicht gerne. Gruß, Harald."

VITA VON MARLIN

MARLIN (Martin Neidhart) ist ein EX-Spitzensportler von drei verschiedenen Disziplinen. Im Judo wurde er zweimal Mannschaftsschweizermeister. Dann wechselte er zum Powerlifting (IPF). Er errang Bronze und Silber an den Schweizermeisterschaften.

Den dritten Wechsel realisierte er mit 40 Jahren und erkämpfte sich mit 42 Lenzen die Bronzemedaille in der Master-Open-Class im Bankdrücken (IPF) an den Schweizermeisterschaften.

Als Kunstschaffender wurde er an internationalen Ausstellungen des europäischen Kulturkreises Baden-Baden und der Galerie Kleiner Prinz Baden-Baden mit sechs Auszeichnungen geehrt (2000-2013).

Er führte 18 Jahre lang ein eigenes Unternehmen für Tapezier- und Kunstmalerarbeiten.

Sein Debütroman "Blütenzeit in Marokko" (2012 Literareon-Verlag) wurde an der Münchner Bücherschau (Nov. 2013) ausgestellt.

Die Erzählungen "Jonewa" (2015), "Hobos-Trail" (2016) und "Shewadsneh" (2016) veröffentlichte der AAVAA-Verlag-Berlin. "Shewadsneh und die Schlacht am Little Bighorn", Band zwei der Shewadsneh-Reihe, publizierte der Tredition-Verlag-Hamburg (Feb. 2020).

Marlin war Mitglied des Komitees zur Erschaffung eines neuen Literaturpreises: Den "Kurt Marti Preis des BSV", dotiert mit 10.000 CHF.

Ebenso war er Jurymitglied dieses Preises, der nun alle zwei Jahre vergeben wird. Die Erstverleihung war am 12.09.2018 in Bern. Die Zweitvergebung fand am 14.10.2020 ebenfalls in Bern statt (mit Marlin als Jurymitglied).

Er ist verheiratet und engagiertes Mitglied der "Kirche Jesu Christi der Heiligen der Letzten Tage".

Links

https://www.lovelybooks.de/autor/Marlin
www.bsv-bern.ch (Martin Neidhart eingeben)
www.facebook.com/AutorMarlin/
https://tredition.de/autoren/martin-marlin-neidhart-30629/shewadsneh-paperback-128864/

Zeitfracht Medien GmbH
Ferdinand-Jühlke-Straße 7
99095 Erfurt, Deutschland
produktsicherheit@kolibri360.de